KB023848

A ROOM OF ONE'S OWN

VIRGINIA WOOLF

Published by Leonard and Virginia Woolf at the
Hogarth Press, 52 Tavistock Square, London, W.C.

1929

자기만의 방

버지니아 울프 지음 | 박혜원 옮김

더스토리

| 차 례 |

이 글은 1928년 10월에 뉴넘대학의 예술학회 및
거턴대학의 오타에서 발표한 강연문 두 편에 기초한다.
강연문 전문은 너무 길기 때문에, 뒤에 수정하고 보충했다.

1

그러나 우리가 듣고자 한 것은 여성과 소설에 관한 이야기인데, 자기만의 방이 그 주제와 무슨 관련이 있느냐고 여러분은 묻겠지요. 설명을 해보겠습니다. 여성과 소설에 대해 강연해달라는 요청을 받고, 나는 강둑에 앉아 그 말의 의미를 생각해보기 시작했습니다. 단순히 패니 버니에 대해 몇 가지를 언급하고 제인 오스틴에 대해 몇 마디 더한 뒤에, 브론테 자매에게 찬사를 보내며 눈 덮인 하워스 사제관*의 풍경도 들려주

---

* 브론테 자매의 생가를 말한다.

고, 할 수 있다면 미트퍼드 양의 재치 있는 글솜씨에 대해서도 이야기하고, 존경하는 마음을 담아 조지 엘리엇을 잠깐 거론하고, 참고삼아 개스켈 부인까지 덧붙이는 정도로 생각할 수도 있겠지요. 보통 그렇게 할 겁니다. 하지만 다시 생각해보니 여성과 소설이라는 말이 그리 단순한 뜻은 아닌 듯했습니다. 여성과 소설이라는 제목은 그리고 여러분이 의중에 두었던 것도 어쩌면 여성과 여성이란 어떤 존재인가라는 의미에 가까울 것입니다. 또 여성과 여성이 쓰는 소설을 의미할 수도 있고, 여성과 여성에 대해 쓴 소설을 뜻할 수도 있을 겁니다. 아니면 이 세 가지가 뗄 수 없는 관계로 엮여 있으니, 세 관점을 고려해 강연하리라고 기대했을지도 모르지요. 하지만 가장 흥미로워 보이는 마지막 관점으로 이 주제를 생각하기 시작하자, 이내 한 가지 치명적인 문제점이 눈에 띄었습니다. 나는 결코 결론에 이르지 못할 거라는 사실입니다. 내가 이해하는 강연자의 첫 번째 임무, 즉 여러분이 한 시간짜리 강연을 듣고 나서 공책에 적어넣고 그리하여 벽난로 위 선반에 꽂아두어 영원히 보관할 순수한 진실 하나를 전달해야 할 임무를 나는 결코 완수하지 못할 것입니다. 내가 할 수 있는 일이라고는 썩 중요해 보이지 않는 한 가지 견해를 여러분에게 전해주는 것뿐입니다. 여성이 소설을 쓸 수 있으려면 돈과 자기만의 방이 있어야 한다는 것이 그것이지요. 여러분도 곧 알게 되겠지만, 이런 견해로 여성의 진정한 본질과 소설의 진정한 본질이라는 중요한 문제의 답을 구하지는 못합니다. 나는 그동안 이 두 가지 문제를 해결하지 못한 채 결론을 미루어왔습니다. 따라서 내게 여성과 소설이란 아직 풀지 못한 문제로 남아 있습니다. 다만 이 부분을 어느 정도 보충하기 위해서 내가 어떻게 자기만의 방과 돈에 대해 지금과 같은 생각에 이르게 되었는지 할 수 있는 한 모두 보여주고자 합니다. 이러한 생각이 꼬리에 꼬리를 물고 여기까지 오게 된 과정을 여러분 앞에서 전부 자유롭게 꺼내보도록 하지요. 아마 내가 이런 주장을 하게 되기까지 이면에 숨은 생각과 편견을 숨김없이 드러내고 나면, 그 가운데 어떤 내용은 여성과 관련 있고, 또 어떤 내용은 소설과 관련 있음을 알게 될 겁니다. 어쨌든 상당한 논란이 따르는 주제(성과 관련된 문제는 다 그렇지요)를 다룰 때는 누구든 진실을 있는 그대로 말하기가 어렵지요. 다만 어떤 생각이든 그런 생각을 갖게 된 과정을 보여줄 수는 있을 겁니다. 강연자가 드러내는 한세와 편견, 특징을 관찰하며 청중이 나름의 결론을 이끌어낼 기회를 줄 뿐입니다. 이 점에서는 사실보다 허구가 더 많은 진실을 내포할 가능성이 있습니다. 그래서 나는 소설가로서 모든 자유와 특권을 이용하여 여기 오기 전 이틀 동안 겪은 이야기를 들려드리고자 합니다. 여러분이 내 어깨에 지워준 무거운 주제에 짓눌려 허리도 펴지 못한 채 일상생활의 안팎에서 끊임없이 고민하던 과정의 이야기입니다. 이제부터 묘사할 내용이 실제로 있었던 일이 아니라는 것은 말할 필요가 없겠지요. 옥스브리지는 가상의 대학이고 펀엄도 마찬가지입니다. 여기서 '나'는 편의상 표현일 뿐 실존 인물은 아닙니다. 내 입에서 거짓말이 흘러나오겠지만, 적어도 약간의 진실은 섞여 있겠지요. 이 진실을 찾아내고 그중 간직할 가치가 있는 내용을 판단하는 건 여러분 몫입니다. 그럴 만한 부분이 없다면 물론 여러분은 이 이야기를 통째로 쓰레기통에 던져넣고 그냥 잊어버리겠지요.

자, 나(메리 비턴이라고 불러도 좋고 메리 시턴이나 메리 카마이클, 아니면 여러분이 부르고 싶은 대로 불러도 상관없습니다. 그건 전혀 중요한 문제가 아니에요)*는 한두 주일 전 10월의 어느 맑은 날 강둑에 앉아 생각에 잠겨 있었습니다. 여성과 소설이라는 굴레에, 온갖 편견과 격정을 불러일으키는 이 주제에, 어떤 결론을 내려야 한다는 생각으로 이마가 땅에 닿도록 고개를 숙이고 있었지요. 오른쪽과 왼쪽에 불과 꼭 같은 빛깔로 이글거리는 황금빛, 진홍빛의 덤불은 정말로 그 불의 열기로 타오르는 것처럼 보였습니다. 저 멀리 강둑에는 머리를 어깨까지 늘어뜨린 버드나무가 그칠 새 없이 구슬프게 울어댔습니다. 하늘이든 다리든 불타는 듯한 나무든 무엇이든 강물 위로 제 모습을 비추었고, 한 대

---

* 〈네 명의 메리〉 또는 〈메리의 발라드〉라고도 하는 스코틀랜드 지방 구전 가요에 등장하는 이름이다. 메리 해밀턴이 아름다운 외모 때문에 왕의 정부가 되어 사생아를 낳고 유기한 죄로 사형에 처해진다는 내용의 이 노래에는 해밀턴이 직접 부르는 형식으로 다음과 같은 구절이 나온다. "어젯밤에는 메리가 네 명 있었지만, 오늘 밤에는 세 명만 남게 될 거라네. 네 메리는 메리 비턴, 메리 시턴, 메리 카마이클, 그리고 나라네."

학생이 노를 저어 그곳을 지나가자 그림자들은 아무 일 없었다는 듯 다시 온전한 모습으로 돌아갑니다. 그런 곳에서는 사색에 잠겨 하루 종일이라도 앉아 있을 겁니다. 그 사색(실제보다 좀 더 내세울 만한 이름으로 부르자면)이 강물 속으로 낚싯줄을 드리웠지요. 물 위에 비친 그림자와 물풀들 사이로 이리저리 흔들리며 물결 따라 떠올랐다 가라앉기를 반복하다 보면, 갑자기 약하게 잡아당기는 느낌이 들면서 낚싯줄 끝에 응집된 생각이 매달립니다. 그래서 그 생각을 조심스레 끌어올려 신중하게 펼쳐보았지요. 아아, 풀밭 위에 펼쳐놓으니 나의 생각이라는 것이 얼마나 작고 보잘것없던지. 훌륭한 어부라면 더 살찌워 언젠가 요리해 먹을 수 있게 도로 물속에 놓아줄 만한 크기의 물고기였습니다. 지금은 그 생각으로 여러분을 귀찮게 하지는 않겠습니다. 이제부터 내가 하려는 이야기를 주의 깊게 살펴보면 여러분 스스로 그 생각이 무엇인지 찾아낼 수 있을 것입니다.

　하지만 아무리 작은 생각이라도 생각에는 설명하기 힘든 그 나름의 속성이 있습니다. 다시 머릿속에 집어

넣자마자 그 생각은 매우 흥미진진하고 중요한 것이
되었고, 쏜살같이 움직였다가 밑으로 가라앉았다가 여
기저기서 번뜩이며 너울거리고 회오리치는 통에 가만
히 앉아 있기가 어려웠습니다. 그리하여 나도 모르는
사이에 잔디밭을 가로질러 더없이 빠른 속도로 걸음
을 재촉하고 있었습니다. 그때 어떤 남자의 형체가 솟
아올라 나를 가로막았습니다. 처음에는 이브닝 셔츠에
모닝코트를 걸친 이상한 차림의 그 물체가 내게 손짓
하고 있다는 것을 미처 알지 못했습니다. 그 사람 얼굴
은 경악과 분개심으로 가득 차 있었습니다. 그때는 이
성보다 본능이 도움 되더군요. 남자는 교구 관리였고
나는 여자였습니다. 내가 걷는 곳은 잔디밭이었고, 길
은 저편에 있었습니다. 잔디밭은 연구원이나 학자들에
게만 허용된 장소였으며, 내게 허락된 길은 자갈길이
었지요. 그런 생각들이 한순간에 머릿속을 지나갔습니
다. 내가 자갈길로 걸음을 옮기자, 남자도 팔짱을 풀고
원래의 평온한 얼굴을 되찾았습니다. 잔디밭이 자갈길
보다 걷기도 편하고, 잔디가 크게 훼손된 것도 아닌데
말이지요. 그 대학이 어디든 내가 연구원과 학자들에

게 물을 수 있는 책임은 300년 동안 줄곧 그 자리에서 물결치던 잔디밭을 보호하겠다고 내 머릿속의 작은 물고기를 어디론가 숨어들게 했다는 사실입니다.

내가 무슨 생각 때문에 그토록 대담하게 잔디밭에 무단 침입을 했는지, 이제는 기억이 나지 않습니다. 평화의 정령이 하늘에서 구름처럼 내려앉았습니다. 평화의 정령이 어딘가에 머문다면, 그곳은 화창한 10월 아침의 옥스브리지대학 안뜰일 것입니다. 고풍스러운 복도를 지나 교내를 거닐다 보니 불쾌한 감정은 가라앉는 듯했습니다. 몸은 어떤 소리도 새어 들어오지 않는 신기한 유리장 안에 들어가 있고, 마음은 어떠한 현실에도 얽매이지 않고 (다시 잔디밭을 침입하지 않는다면) 그때그때 떠오르는 명상 속에 자유로이 빠져들었습니다. 마침 우연히도 긴 휴가 동안 옥스브리지를 다시 찾아간 경험을 기록했다는 오래된 수필이 떠오르자 그 수필을 쓴 찰스 램*도 기억났습니다. 새커리**는 램이 쓴 편지를 이마에 가져다 대며 그를 성(聖) 찰스라고

---

* 영국의 수필가다.

** 영국의 소설가다.

불렀답니다. 실제로 램은 모든 죽은이들 가운데 (지금 나는 생각이 떠오르는 대로 말하고 있습니다) 가장 교류해 보고 싶은 사람 중 한 명입니다. 그리고 그때 어떻게 그런 수필을 썼는지 묻고 싶은 사람입니다. 램의 수필은 맥스 비어봄*의 완벽한 글보다도 더 뛰어나다고 생각합니다. 거칠게 번뜩이는 상상력과 번개처럼 내리치는 천재성이 흠집을 남기고 결함이 되기는 하지만, 시적 표현이 되어 작품을 빛나게 하기 때문이지요. 당시 램이 옥스브리지를 방문한 때는 아마 100년쯤 전일 겁니다. 이곳에서 원고 상태인 밀턴의 시 한 편을 보고 그에 관한 수필을 쓰긴 했는데, 제목이 가물가물하군요. 램이 봤던 원고는 아마 〈리시다스〉였을 겁니다. 램은 〈리시다스〉의 시구가 어느 한 글자든 현재 알고 있는 시와 달라질 수도 있었다는 생각에 자신이 얼마나 충격을 받았는지 적었습니다. 그 시의 시구를 고치는 밀턴의 모습을 생각하는 것조차 램에게는 신성모독으로 받아들여졌지요. 생각이 여기에 미치자 내가 알고 있는

---

* 영국의 수필가이자 풍자 화가다.

〈리시다스〉 구절들이 떠올랐습니다. 밀턴이 고친 부분이 어느 구절이고 왜 고쳤을까를 추측해보았지요. 그때 램이 보았던 바로 그 원고가 불과 몇 백 미터 떨어진 곳에 있으니, 누구는 램이 걸었던 길을 따라가면 중정을 지나 보물이 보관된 그 유명한 도서관에 갈 수 있다는데 생각이 미쳤습니다. 게다가 계획을 실행에 옮기던 중 이 유명한 도서관에는 새커리의《헨리 에즈먼드》원고도 보관되어 있다는 사실까지 떠올랐지요. 비평가들은 흔히《헨리 에즈먼드》가 새커리의 작품 가운데 가장 완벽한 소설이라고들 말합니다. 하지만 내 기억으로는 18세기의 양식을 모방한 꾸밈이 많은 문체가 오히려 방해가 됩니다. 실제로 새커리가 18세기의 문체를 자연스럽게 구사했던 사람이 아니라면 말입니다. 새커리가 썼던 원고를 찾아서 원고를 고쳐 쓴 것이 문체를 위한 것이었는지 의미를 위한 것이었는지 살펴보면 증명될 일입니다. 그러려면 문체가 무엇이고 의미가 무엇인지 가려내야 합니다. 이러한 문제는…… 이때 나는 실제로 도서관으로 들어가는 문 앞에 서 있었습니다. 내가 문을 열었던 게 틀림없습니다. 하얀 날개

대신 검은 가운을 펄럭이며 길을 가로막는 수호천사처럼, 은발의 친절한 신사가 불쑥 나타나 안 된다는 표정으로 내게 돌아가라는 손짓을 했으니까요. 그 사람은 유감스럽지만 여자들은 대학 연구원을 동반하거나 소개장을 소지해야만 도서관에 출입할 수 있다고 나직이 말했습니다.

여자 한 명이 유명한 도서관에 저주를 퍼부었어도 그 유명한 도서관은 눈 하나 깜짝하지 않겠지요. 장엄하고 고요한 도서관은 그 모든 보물을 안전하게 품에 안은 채 평온하게 자고 있었습니다. 적어도 내 앞에서는 영원히 깨지 않고 잠들어 있겠지요. 다시는 이 메아리들을 깨우지 않겠다고, 다시는 환대 받기를 청하지 않겠다고, 분노에 차서 계단을 내려오며 나는 맹세했습니다. 아직 오찬까지는 한 시간이 남았으니 이제 무엇을 해야 할까요? 강가에 앉아 있을까요? 정말로 아름다운 가을 아침이었습니다. 붉은 낙엽이 팔랑거리며 땅에 떨어졌습니다. 어떤 일을 하든지 힘들 건 없었지요. 그때 음악 소리가 귓가에 들려왔습니다. 어디서 예배나 기념행사가 열리고 있었지요. 오르간의 장엄한

넋두리를 들으며 나는 예배당 문을 들어섰습니다. 이
토록 고요한 분위기에서는 기독교의 비애조차 슬픔 자
체라기보다 슬픔에 대한 기억처럼 들렸습니다. 오래된
오르간이 신음처럼 흘리는 소리미저 평온이 깃든 듯했
습니다. 나는 들어갈 자격이 있다 해도 들어가고 싶지
않았습니다. 이번에는 관리자가 나를 가로막고 세례
증서나 주임 사제가 써준 소개장을 보여달라고 할지도
모르니까요. 하지만 이렇게 웅장한 건물들은 대개 밖
에서 보는 외벽도 내부만큼 아름답지요. 게다가 신도
들이 모여들어 안으로 들어갔다 다시 밖으로 나왔다가
벌집 입구의 벌들처럼 예배당 문 앞을 분주히 드나드
는 모습을 지켜보는 것도 재미있었습니다. 많은 이들
이 모자를 쓰고 가운을 입고 있었습니다. 어떤 이들은
어깨에 모피를 둘렀고, 어떤 이들은 휠체어를 타고 지
나갔습니다. 중년이 지나지 않은 나이에도 기이할 정
도로 주름이 지고 구부정한 생김이어서 꼭 수족관에
든 게와 가재가 몸을 들썩이며 힘겹게 바닥 모래를 건
너가는 모습을 연상케 하는 이들도 있었지요. 벽에 기
대어 서 있으니 대학교가 보호 구역 같다는 생각이 들

었습니다. 런던 스트랜드 거리 한복판에 내다놓고 생존을 위해 싸우라고 하면 이내 폐물이 될 희귀종들을 모아놓은 보호 구역 말이지요. 옛 학장과 교수들에 관한 오래전 이야기들이 떠올랐지만, 내가 휘파람을 불 용기를 내보기도 전에(휘파람을 불면 노교수가 부리나케 뛰어왔다는 말이 있었지요) 그 고귀한 신도들은 안으로 사라졌습니다. 예배당 바깥은 그대로였지요. 다들 알다시피 높이 솟은 첨탑과 둥근 지붕은 정박하지 않고 계속 항해하는 배처럼 밤에 불을 켜면 저 멀리 언덕 너머 몇 킬로미터 떨어진 곳에서도 볼 수 있습니다. 아마도 한때는 잔디가 곱게 깔린 이 안뜰과 육중하게 솟은 건물들과 예배당 자리까지 모두 습지였을 것이고, 풀들이 물결치고 돼지들이 코를 박고 킁킁대는 곳이었을 겁니다. 말 떼와 소 떼가 먼 시골에서부터 돌을 실은 마차를 끌고 왔을 것이고, 끝없는 노동으로 지금 내가 서 있는 그늘진 자리에 회색 벽돌들을 차곡차곡 쌓았을 터이고, 도장공들이 창문에 끼울 유리를 가져왔겠지요. 그런 다음 석공들이 지붕 위에 올라가 수 세기 동안 접합제와 시멘트와 가래와 흙손을 들고 분주히 움직였을 겁니다. 토요일만 되면 누군가는 가죽 지갑을 열어 늙은 손아귀에 금화와 은화를 탈탈 털어 넣어야 했겠지요. 하루 저녁 정도는 맥주도 마시며 스키틀 게임*도 했을 테니까요. 이 교정에 수많은 금화와 은화를 쏟아부으며 끝없이 벽돌을 나르고 석공들을 부렸을 겁니다. 땅을 고르고 도랑을 파고 바닥을 파고 배수로도 만들었을 테고요. 하지만 당시는 신앙의 시대였습니다. 굳건한 토대 위에 이 돌들을 쌓느라 아낌없이 돈을 쏟아부었고, 돌들을 쌓은 뒤에도 이곳에서 찬송가를 부르고 학생들을 가르치고자 왕과 여왕과 높은 귀족들의 금고에서 더 많은 돈을 쏟아부었습니다. 땅은 무상으로 주어졌습니다. 십일조 헌금도 걷혔습니다. 그렇게 신앙의 시대가 가고 이성의 시대가 왔지만, 금화와 은화의 물결은 계속 흘러들었지요. 연구비 재단이 설립되고 교수 기금 기부가 들어왔습니다. 다만 그 금화와 은화는 왕의 금고가 아니라 상인과 공장주들의 돈궤에서, 말하자면 산업화로 재산을 모은 사람들의 주머니

---

* 핀을 아홉 개 세워놓고 공을 굴려 쓰러뜨리는 놀이다.

에서 나왔지요. 그 사람들이 한몫 넉넉히 떼어 기술을 배운 대학에 더 많은 의자와 교수 기금과 연구비를 기부하도록 유언장을 남긴 것이지요. 그리하여 도서관과 연구실이 지어지고 관측소도 건립되었습니다. 지금은 유리 진열장에 값비싼 장비와 정교한 기구들도 전시되어 있지요. 몇 세기 전에는 풀들이 물결치고 돼지가 코를 박고 킁킁거렸던 곳에 말입니다. 교정을 한 바퀴 거닐며 보니 금화와 은화를 쏟아부어 만든 초석은 땅속 깊이 굳건하게 박혀 있었습니다. 들풀 위로 포장길이 튼튼하게 깔렸지요. 머리에 쟁반을 인 남자들은 계단을 분주히 오르내렸습니다. 창밑 화분에는 화려한 꽃들이 활짝 피어났습니다. 안쪽 방에서는 축음기 선율이 시끄럽게 울려 나왔습니다. 저는 생각에 잠길 수밖에 없었습니다. 하지만 그게 무슨 생각이었든 뚝 끊겨 버렸지요. 시계 종소리가 울렸으니까요. 오찬장으로 가야 할 시간이었습니다.

신기하게도 소설가들은 오찬 파티란 것이 항상 누군가의 재치 있는 말이나 현명한 처신으로 기억에 남는 자리인 양 묘사합니다. 하지만 먹는 것에 대해서는 말을 아끼지요. 수프나 연어나 새끼 오리 고기에 대해서는 언급하지 않는 게 소설가들의 오랜 관습 중 하나입니다. 마치 수프와 연어와 새끼 오리 고기는 전혀 중요하지 않은 듯, 파티에서 담배를 피우거나 포도주 한잔 마시는 사람이 아무도 없는 듯 말입니다. 하지만 저는 여기에서 실례를 무릅쓰고 관습을 거슬러 오찬 자리가 가자미 요리로 시작되었다는 말씀을 드리려고 합니다. 가자미는 우묵한 접시에 담겨 나왔는데, 대학 요리사가 새하얀 크림을 위에 덮어 암사슴 옆구리의 점처럼 갈색 살점이 여기저기 보였습니다. 그다음으로 자고새고기가 나왔는데, 머리에 털이 없는 갈색 새 두어 마리를 생각했다면 오산입니다. 톡 쏘는 맛과 달콤한 맛이 어우러진 여러 가지 소스와 샐러드를 곁들인 새고기가 종류도 다양하고 양도 푸짐하게 정해진 순서대로 제공되었으니까요. 같이 나온 감자는 동전처럼 얇았지만 딱딱하지 않았고, 장미 꽃봉오리처럼 얇은 겹을 이룬 양배추는 즙이 많았습니다. 구운 고기와 곁들이 음식이 담긴 접시들을 비우자마자, 말없이 시중을 들던 교직원이 한층 더 온화한 표정으로 냅킨을 두른 설탕 과자를 우리 앞에 가져다주었는데, 과자는 설탕이 물결처럼 부풀어 오른 모양이었습니다. 그 과자를 푸딩이라고 부르고 쌀과 타피오카를 연상한다면 모욕이 되겠지요. 한편 포도주 잔은 노란색으로 물들었다 또 붉은색으로 물들며 비워졌다 채워졌습니다. 그리고 척추에서 밑으로 반쯤 내려간 곳, 영혼이 머무는 자리에서 서서히 불이 켜졌지요. 재기라고 할 만큼 작고 강한 전광이 우리 입에서 튀어나왔다 들어갔다 하는 건 아니었지만, 더욱 심오하고 예리하며 은밀한 불빛이 이성적교제라는 그으하고 노란 불꽃으로 밝아졌습니다. 서두를 필요가 없었습니다. 재기를 반짝일 필요도 없었지요. 자기 자신이 아닌 다른 사람이 될 필요도 없었습니다. 우리는 모두 천국에 갈 것이고 반다이크*도 우리와 함께 있으니까요. 다시 말해서 고급 담배에 불을 붙이고 쿠션에 파묻혀 창가 자리에 앉아 있을 때, 삶은 꽤 멋져 보이고 그 보상은 꽤 달콤하며 이런저런 원한이나 불만이란 하찮을 뿐이고 같은 부류의 사람들과 교

---

* 플랑드르 바로크 미술을 대표하는 네덜란드의 화가다.

제한다는 사실이 매우 감탄스러웠습니다.

운 좋게도 가까이에 재떨이가 있었다면, 재떨이가 없다고 창밖에 재를 떨지 않았다면, 모든 상황이 아주 조금만 달랐다면, 아마 꼬리 없는 고양이를 보지 못했겠지요. 불쑥 나타나 뜰 위를 사뿐히 걸어가는 꼬리 없는 짐승이 뜻밖에 잠재되어 있던 지성을 건드려 내 감정의 불빛을 바꿔놓았습니다. 누군가 그늘을 드리운 것 같았지요. 아마도 그 훌륭한 포도주의 취기가 가셨던 모양입니다. 온 우주가 의심스럽다는 듯 잔디밭 한가운데 멈춰 선 고양이를 보고 있자니, 확실히 무언가 결핍된 듯했고 무언가 달라 보였습니다. 그러나 무엇이 결핍되고 무엇이 달랐을까요? 나는 사람들이 이야기하는 소리를 들으며 자문했습니다. 그리고 이 의문에 답하기 위해 그 방을 벗어나 전쟁이 벌어지기 전 과거로 돌아가 이곳에서 그리 멀지 않은 방들에서 열렸던 오찬 파티 장면을 그려보아야 했습니다. 그 오찬 파티는 지금과는 달랐습니다. 모든 게 달랐지요. 파티에 모인 손님들은 계속 대화를 나누었습니다. 숫자도 많고 젊은 사람들이었지요. 그중에는 우리와 성(性)이 같

은 사람들도 있었고 다른 사람들도 있었습니다. 파티
는 순조롭게 흘러갔습니다. 기분 좋고 거침없고 즐거
운 시간이 이어졌지요. 대화가 무르익자, 나는 그곳에
서 오가는 대화를 과거의 자리에서 오간 대화와 견주
어보게 되었습니다. 두 대화를 비교하니 그중 하나는
다른 하나에서 유래하였고 정당한 계승자라는 데 의심
의 여지가 없었습니다. 바뀐 건 아무것도 없었습니다.
다른 건 딱 하나였지요. 여기서 나는 방 안에서 오가는
대화에 열심히 귀를 기울이기보다 소곤거리는 소리나
그 이면에 흐르는 기류를 읽어내는 데 온 신경을 집중
하고 있었습니다. 네, 바로 그것입니다. 그 점이 달랐습
니다. 전쟁이 일어나기 전 이런 오찬 파티에서 사람들
은 지금과 똑같은 대화를 나누었겠지만 들리는 소리는
달랐을 겁니다. 그 시절에는 대화에 콧노래 같은 소리
가 섞여 들렸기 때문입니다. 또박또박 명료한 소리는
아니지만 음악적으로 흥을 돋우며 단어 자체의 진가를
바꿔놓았지요. 콧노래 소리를 말로 표현할 수 있을까
요? 아마 시인이 도와주면 가능할 겁니다. 옆에는 책이
한 권 놓여 있었고, 나는 책을 펼쳐 우연히 테니슨의 도

움을 받게 되었지요. 테니슨은 이렇게 노래하고 있었습니다.

찬란한 눈물이 떨어졌네
문 앞에 핀 시계꽃에서
나의 비둘기, 나의 사랑이 오네
나의 생명, 나의 운명이 오네
붉은 장미가 소리치네. '가까이 왔어, 거의 다 왔어'
하얀 장미가 눈물을 흘리네. '늦었어'
제비꽃이 귀를 기울이네. '나는 들려, 소리가 들려'
그리고 백합이 속삭이네. '나는 기다리고 있어'*

이것이 전쟁이 나기 전 남자들이 오찬 파티에서 흥얼거린 노래였을까요? 그럼 여자들은 무엇을 했을까요?

내 마음은 한 마리 노래하는 새와 같네

---

* 앨프리드 테니슨의 시 〈모드〉의 한 부분이다.

물 먹은 어린 나뭇가지에 둥지를 튼 새라네

내 마음은 한 그루 사과나무와 같네

무성한 열매로 굵은 가지가 휜 사과나무라네

내 마음은 무지갯빛 조가비와 같네

잔잔한 바다에서 물을 첨벙이는 조가비라네

내 마음은 이 모든 것보다 기쁘다네

내 사랑이 나에게 왔기에*

이것이 전쟁 전 오찬 파티에서 여자들이 흥얼거리던 노래일까요?

전쟁 전 오찬 파티에 참석한 사람들이 아무리 작은 소리라도 이런 노래를 흥얼거렸다고 생각하니 너무 우스워서 웃음이 터져 나오고 말았습니다. 그 바람에 내가 웃은 이유를 맹크스 고양이 때문이라고 해명해야 했지요. 잔디밭 한가운데 꼬리가 없는 가여운 짐승이 서 있는 모양새가 조금 우스꽝스럽기도 했거든요. 그 고양이는 태어날 때부터 꼬리가 없었을까요, 아니면

---

* 크리스티나 로제티의 〈생일〉이다.

사고로 꼬리를 잃었을까요? 꼬리 없는 고양이는 맨 섬에 실제로 존재한다고들 하지만 생각보다 희귀하답니다. 기묘한 동물이고 아름답다기보다는 독특하군요. 꼬리 하나로 그렇게 달라진다니 신기하네요. 오찬 파티가 끝나고 으레 오가는 대화들을 주고받으며 사람들은 코트와 모자를 걸쳤지요.

이번 오찬은 주인의 환대 덕분에 오후를 훌쩍 넘겨서까지 계속 이어졌습니다. 아름다운 10월의 하루가 저물고 있었고, 나는 잎을 떨구는 나무들 사이로 난 거리를 걸었습니다. 문을 지나 나올 때마다 내 뒤로 문이 부드럽게 닫히는 것 같았습니다. 셀 수 없이 많은 교구 관리들이 셀 수 없이 많은 열쇠로 기름칠이 잘된 자물쇠를 잠그고 있었습니다. 그 보물의 집은 또 하룻밤을 안전히 지낼 준비를 하는 중이었지요. 거리를 지나자 도로가 나왔습니다. 이름은 생각나지 않지만 이 길을 따라가다 옆길만 제대로 찾아 나오면 펀엄으로 가게 됩니다. 하지만 시간은 많습니다. 7시 30분은 되어야 만찬회를 시작할 테니까요. 그런 오찬을 즐긴 뒤라 저녁은 먹지 않아도 괜찮았습니다. 시 한 구절이 마음속에 흘러들어오니, 그 운율에 맞춰 길을 따라 걸음을 내딛는 게 신기할 따름입니다.

　　찬란한 눈물이 떨어졌네
　　문 앞에 핀 시계꽃에서
　　나의 비둘기, 나의 사랑이 오네

　　이런 시가 혈관을 타고 흐르는 동안 나는 헤딩리를 향해 잰걸음을 옮겼습니다. 그러다가 낮은 둑을 만나 물결이 소용돌이치는 곳을 지날 때는 리듬이 다른 노래로 바뀌었습니다.

　　내 마음은 한 마리 노래하는 새와 같네
　　물 먹은 어린 나뭇가지에 둥지를 튼 새라네
　　내 마음은 한 그루 사과나무와 같네

　　대단해. 나는 어둠 속에 있는 것처럼 크게 소리를 내질렀지요. 타고난 시인들이야!
　　질투심 같은 마음은 아마도 우리 세대를 생각해서였

을 겁니다. 이런 비교 자체가 어리석고 터무니없는 짓이겠지만, 나는 살아 있는 시인 가운데 앨프리드 테니슨과 크리스티나 로제티만큼 위대한 시인 두 사람의 이름을 댈 수 있을지 진심으로 의문이 들었습니다. 그때 시인들과 비교한다는 것은 확실히 불가능하다고, 거품이 이는 강물을 들여다보며 생각했습니다. 그때 사람들이 그토록 시에 빠져들고 열광할 수 있었던 이유는 당시의 시가 사람들이 느꼈던 어떤 감정(아마도 전쟁 발발 이전의 오찬 파티에서)을 찬미했고, 그래서 사람들이 편하게 스스럼없이 반응할 수 있었기 때문입니다. 자기감정을 검열하거나 현재 느끼는 다른 감정들과 견주어보느라 애쓸 필요 없이 말이지요. 그러나 현존하는 시인들은 우리 안에서 자라긴 하지만 동시에 찢겨나가는 감정을 표현합니다. 어떤 사람들은 애초에 그 감정을 인식하지 못하지요. 어떤 이유에서인지 그런 감정을 두려워합니다. 어떤 사람들은 그 감정을 예리한 눈으로 주시하며 질투와 의혹을 품고 자신이 알던 옛 감정과 비교합니다. 그런 까닭에 현대의 시가 어려운 것이지요. 아무리 좋은 현대의 시라도 두 줄 이상

외지 못하는 이유가 이 어려움 때문입니다. 이런 이유로, 그러니까 기억이 따라주지 않은 탓에 나의 논쟁은 자료 부족으로 시들해졌습니다. 하지만 헤딩리를 향해 걸으며 계속 생각했지요. 왜 우리는 오찬 파티에서 조용히 콧노래 부르기를 그만두었을까요? 왜 앨프리드 테니슨은 "나의 비둘기, 나의 사랑이 오네"라고 노래하기를 멈추었을까요?

왜 크리스티나는 "내 마음은 이 모든 것보다 기쁘다네. 내 사랑이 나에게 왔기에"라고 더는 대답하지 않는 걸까요?

전쟁을 탓해야 할까요? 1914년 8월 소총이 불을 뿜었을 때, 남자와 여자가 서로의 민낯을 너무 또렷이 보게 되는 바람에 낭만은 죽어버린 걸까요? 포화의 빛 아래 통치자의 얼굴을 보는 것은(특히 교육과 그 밖의 것에 환상을 가진 여자들에게) 확실히 충격이었습니다. 독일인도, 영국인도, 프랑스인도 매우 추해 보였고 매우 어리석었지요. 하지만 책임을 어디로 돌리든 또 누구를 탓하든 앨프리드 테니슨과 크리스티나 로제티가 그토록 열정적으로 다가오는 사랑을 노래하게 만들었던 환상은 이제 그때보다 훨씬 더 드문 일이 되었습니다. 이제 사람들은 읽고, 보고, 듣고, 기억만 할 뿐입니다. 하지만 왜 "탓한다"고 말할까요? 그게 환상이었다면, 환상을 무너뜨리고 그 자리에 진실을 심어놓은 게 재앙이든 뭐든 왜 칭송하지 않는 걸까요? 진실이야말로 ··· 이 점들은 내가 진실을 탐구하느라 편엄으로 빠지는 옆길을 놓친 지점을 표기하는 겁니다. 네, 맞습니다. 무엇이 진실이고 무엇이 환상일까요? 나 스스로 물었습니다. 예를 들어 황혼녘에 창들이 붉게 물들어 축제를 벌이는 듯한 어둑한 집들이, 아침 9시에는 사탕과 신발 끈이 나뒹구는 불결하고 지저분한 곳이 된다면 무엇이 진실일까요? 버드나무와 강과 그 강을 따라 펼쳐진 정원들이 지금은 안개로 덮여 희미하지만 햇볕이 내리쬘 때 황금빛과 붉은빛으로 변한다면, 무엇이 진실이고 무엇이 환상이겠습니까? 내 사고가 지나온 우여곡절은 생략하겠습니다. 헤딩리로 향하는 길에서는 아무런 결론도 찾지 못했으니까요. 이제 내가 빠져나갈 길을 놓쳤다는 걸 깨닫고 걸음을 돌려 편엄으로 향한다고 생각해봅시다.

이미 10월의 어느 날이었다고 말씀드린 만큼 계절을 바꿔 정원 담장에 늘어진 라일락이나 크로커스나 튤립 같은 봄꽃을 묘사하여 소설의 명예를 훼손하거나 여러분이 소설에 대해 갖는 존중심을 손상시키는 일은 하지 않겠습니다. 소설은 사실에 충실해야 하며 그 사실이 진실에 가까울수록 더 좋은 소설이 된다고 말합니다. 그러므로 계절은 여전히 가을이고 여전히 노랗게 물든 나뭇잎이 떨어지고 있습니다. 달라진 게 있다면 전보다 더 빨리 떨어진다는 점입니다. 지금은 저녁(정확히 7시 23분)이고 산들바람(정확히 말해서 남서풍)이 불고 있으니까요. 그럼에도 무언가 이상한 것이 작용하고 있습니다.

내 마음은 한 마리 노래하는 새와 같네
물 먹은 어린 나뭇가지에 둥지를 튼 새라네
내 마음은 한 그루 사과나무와 같네
무성한 열매로 굵은 가지가 휜 사과나무라네

어리석은 공상을 하게 된 데는 아마도 크리스티나

로제티의 시구 탓도 있었을 것입니다. 물론 공상에 불과했지만, 담장 위로 라일락꽃이 흔들리고 멧노랑나비들이 여기저기 팔랑거리며 대기 중에는 꽃가루가 날리고 있었습니다. 바람이 불었고, 어디에서 불어오는지 모를 바람이었지만 반쯤 자란 나뭇잎들이 날아올라 공기 중에 은백색의 빛이 반짝였습니다. 빛이 기우는 시간이라 모든 빛깔이 한층 강렬해졌고, 쉽게 격앙하는 심장이 두근거리듯 유리창은 자줏빛과 황금빛으로 타올랐습니다. 어떤 까닭에서인지 드러났다가 이내 사라지는 세상의 아름다움에는(이때 나는 문을 밀고 정원으로 들어갔습니다. 누구의 부주의인지 문이 열려 있었고 근처에 교구 관리도 보이지 않았거든요), 그 아름다움이 사라지기 직전에 심장을 조각내는 두 개의 날, 즉 웃음의 날과 고뇌의 날이 있습니다. 편엄의 정원이 봄의 석양을 받으며 눈앞에 펼쳐졌습니다. 사방이 트인 곳에 사람의 손길이 닿지 않은 듯 길게 자란 풀들 사이로 수선화와 초롱꽃들이 아무렇게나 흩뿌려져 자라났습니다. 아마 한창때에도 정돈된 모습은 아니었을 꽃들은 바람이 부는 대로 뿌리가 뽑힐 듯 흔들리고 있었습니다. 건물의 둥근 창들은 출렁이는 붉은 벽돌의 바다 위에 떠 있는 배의 창처럼 보였는데, 빠르게 흘러가는 봄 구름을 비추며 레몬 빛에서 은빛으로 색을 갈아입었습니다. 누군가는 해먹에 누워 있고, 이런 불빛으로는 반쯤 상상을 보태어 보아야 하지만, 누군가는 풀밭을 가로질러 뛰었고(누군가 저 여자를 가로막지 않을까요?), 또 테라스에는 바람을 쐬며 정원을 둘러보려는 듯 허리 굽은 인물이 불쑥 나타났습니다. 어딘가 대단하면서도 겸손해 보이는 이 인물은 이마가 넓고 치마는 허름했지요. 혹시 유명한 학자가 아닐까요? 혹시 J─H─* 그분은 아닐까요? 모든 것이 어둑하면서도 강렬했습니다. 마치 석양이 정원 위에 던져놓은 스카프가 별이나 칼로 갈기갈기 찢긴 것 같았습니다. 그렇게 깊은 자상처럼, 늘 그렇듯 봄의 심장부에서 어떤 끔찍한 현실이 불쑥 솟아올랐지요. 왜냐하면 젊음이란……

　이제 수프가 나왔습니다. 큰 식당에서 만찬이 차려지고 있었습니다. 사실 지금은 봄은커녕 10월 저녁이

---

* 영국의 고전학자이자 페미니스트인 제인 해리슨을 말한다.

었습니다. 모두 큰 식당에 모였습니다. 만찬이 준비되었지요. 이제 수프가 나왔습니다. 육즙을 내서 끓인 평범한 수프였지요. 그 안에 공상을 불러일으킬 만한 건 전혀 없었지요. 접시에 무늬라도 있었다면 투명한 육즙 밑으로 그 무늬가 보였을 겁니다. 하지만 무늬 같은 건 없었습니다. 그냥 평범한 접시였지요. 다음으로 소고기에 채소와 감자가 곁들여 나왔습니다. 이 소박한 삼위일체는 바닥이 진창인 시장에 서 있는 소 엉덩이와 끝이 노랗게 시들어 말린 방울양배추 그리고 월요일 아침에 장바구니를 들고 가는 여인네들이 물건을 흥정하고 값을 깎는 모습을 연상케 했습니다. 사람들이 일상에서 먹는 음식을 놓고 불평할 이유는 전혀 없었습니다. 제공된 식사의 양도 충분했고 광부들은 틀림없이 이보다 못한 식사를 할 테니까요. 이어서 자두와 커스터드 소스가 나왔습니다. 아무리 커스터드 소스를 얹었다지만 자두는 수전노의 심장처럼 질긴 무자비한 채소(과일이 아닙니다)라고 불평하는 사람들, 그러니까 80년 동안 포도주도 마시지 않고 따뜻한 온기도 멀리하며 가난한 사람들에게도 베푼 것이 없는 수전노의 핏줄에 흐를 법한 즙을 흘리는 채소라고 불평하는 사람들은, 그런 자두조차 기쁘게 받아들이는 사람들도 있다는 사실을 떠올려야 합니다. 다음으로 비스킷과 치즈가 나왔고, 물병도 넉넉히 식탁을 돌았습니다. 비스킷이란 본래 퍽퍽하기 마련인데, 그런 점에서 이 비스킷은 단연 비스킷다웠거든요. 그게 다였습니다. 식사가 끝났지요. 모두 의자를 뒤로 밀며 자리에서 일어났고, 문들은 앞뒤로 거칠게 여닫혔습니다. 순식간에 식당에는 음식 흔적이 말끔히 사라지고 다음 날 아침 식사를 위한 준비가 끝났습니다. 아래쪽 복도로 또 위쪽 계단으로 영국의 젊은이들이 쿵쾅거리고 노래를 부르며 지나갔지요. 그리고 손님으로 온 이방인(편엄이라고 해서 트리니티나 서머빌, 거턴, 뉴넘 또는 크라이스트처치의 대학에서보다 내게 더 많은 권리가 있는 건 아니니까요)이 "만찬이 별로였어요"라거나 "여기서 우리 둘이서 식사를 하면 안 될까요?(지금 나는 메리 시턴의 응접실에 앉아 있습니다)"라고 말했을까요? 내가 그런 말을 했다면, 그건 이방인의 눈에 그저 유쾌하고 당당해 보이는 집안이 남몰래 아끼고 절약하는 사정을 캐묻고 엿보는 행위나 다름없었겠지요. 물론 그런 말은 할 수 없었습니다. 실제로 대화가 잠시 시들했지요. 인간의 골격은 심장과 몸, 뇌가 한데 융합되어 있지, 각각 칸막이로 나뉜 게 아닙니다. 아마 100만 년이 지나도 그러할 것입니다. 그러니 훌륭한 만찬은 훌륭한 대화를 이어가는 데 대단히 중요한 요인이지요. 사람은 잘 먹지 않으면 제대로 생각할 수 없고, 제대로 사랑할 수 없으며, 제대로 잠을 잘 수도 없습니다. 척추의 등불은 소고기와 자두를 먹고는 켜지지 않습니다. 우리는 모두 '아마도' 천국에 갈 것이고, 다음 모퉁이를 돌면 '바라건대' 반다이크가 우리를 맞아주기를. 하루 일을 마치고 소고기와 자두를 먹고 나면 이런 모호하고 제한된 마음 상태가 됩니다. 다행히 이곳에서 과학을 가르치는 내 친구의 찬장에 땅딸막한 술병과 작은 유리잔이 있었기 때문에(가자미와 자고새 요리로 시작했다면 더 좋았겠지만) 우리는 난롯가에 다가앉아 하루를 보내며 얻은 상처들을 치료할 수 있었습니다. 몇 분이 지나자 우리는 호기심이 일고 흥미가 생기는 온갖 주제들을 자유로이 넘나들었습니다. 특정한 누군가가 없을 때 속으로 생각했다가 다시 만나면 자연스레 논하게 되는 그런 이야기였습니다. 누구는 어떻게 결혼했고 누구는 하지 않았다더라, 누구는 이렇게 생각하고 누구는 저렇게 생각하더라, 누구는 온갖 지식을 섭렵하여 발전했고 누구는 생각지도 못하게 추락했다더라 하는 이야기로 시작해서 자연스레 도출되는 인간의 본성과 우리가 사는 놀라운 세상의 본질까지 생각해보는 자리였지요. 그리고 부끄럽지만 이런 이야기를 나누는 동안 어떤 흐름이 저절로 만들어져 모든 내용을 끝까지 밀고 간다는 걸 깨달았습니다. 스페인이나 포르투갈에 대해, 책이나 경주마에 대해 이야기를 나누면서도 사실 진정한 관심은 그런 게 아니라 500여 년 전 높은 지붕 위에서 일하던 석공의 모습에 있었습니다. 왕과 귀족들은 커다란 자루에 보물을 담아와 땅 밑에 쏟아부었습니다. 이런 장면이 계속해서 마음속에 되살아났고, 그와 나란히 야윈 젖소와 질척거리는 시장과 말라비틀어진 채소와 노인의 질긴 심장 같은 것들도 떠올랐습니다. 서로 관련도 없고 무의미한 이 두 그림은 줄곧 함께 떠올라 서로 싸움을 벌이며 나를 속수무책으로 휘둘렀지요. 가장 좋은 방법은 대화 전체가 뒤틀어지지 않는 선에서 내 마음속에 떠오른 그림들을 밖으로 꺼내 보이는 것입니다. 운이 좋다면, 원저 성에서 죽은 왕의 관을 열었을 때 왕의 머리가 바스러져 버린 깃처럼, 그 그림도 희미해지다 산산이 흩어질 것입니다. 그리하여 나는 시턴 양에게 예배당을 짓는 내내 그 지붕 위에서 일했던 석공들과 금은보화를 담은 자루를 짊어지고 와서 땅속에 쏟아부은 왕과 여왕과 귀족들에 관한 이야기를 간략히 들려주었습니다. 오늘날에는 금융계의 거물들이 수표와 채권을 깔아주었다는 이야기도 함께 말이지요. 전부 저기 저 대학들이 바닥에 깔고 앉아 있다며 나는 말했습니다. 그런데 우리가 지금 앉아 있는 대학은 그 용맹스러운 붉은 벽돌과 정돈되지 않고 흐트러진 정원 풀밭 밑에 무엇이 깔려 있을까요? 저녁 만찬에 쓰인 평범한 자기 그릇과(미처 멈출 새도 없이 이런 말이 튀어나왔지요) 소고기와 커스터드를 얹은 자두 뒤에는 어떤 권력이 있는 걸까요?

메리 시턴이 이렇게 말했지요. "글쎄요, 1860년쯤에, 그런데 다 아는 이야기잖아요." 메리 시턴은 그 장황한 이야기가 진력난다는 듯 말했습니다. 그러고는 내게 이런 이야기를 했지요. 방을 빌려서 여러 위원회를 만났어요. 우편물을 보내고 공식 서한도 작성했지요. 회의를 몇 차례나 열고 서한을 낭독했고요. 누구는 굉장히 많은 돈을 약속했지만, 아무개 씨는 단돈 1페니도 내놓지 않겠다고 했지요. 《새터데이 리뷰》는 매우 무례했어요. 어떻게 하면 우리가 사무실 운영비를 조달할 수 있을까요? 바자회를 열어야 하나요? 앞줄에 앉힐 예쁘장한 여자아이라도 찾을 수 없을까요? 존 스튜어트 밀*은 이 문제에 대해 뭐라고 했는지 찾아봅시다. 우리 서한을 실어달라고 모 지(誌)의 편집장을 설득할 만한 사람이 있을까요? 모 귀부인에게 서명을 받아낼 수 있을까요? 귀부인은 시내에 없다더군요. 짐작건대 60년 전 일이 이루어지는 방식은 이러했을 것이고, 엄청난 노력과 어마어마한 시간이 들어갔을 겁니다. 그리고 길고 힘든 싸움과 극도의 어려움을 견뎌낸 뒤에야 3만 파운드를 모았지요.** 그러니 우리가 포도주와

---

* 영국의 철학자이자 경제학자다.

41

자고새 요리를 먹고 놋쇠 쟁반을 머리에 이고 시중드는 사람을 부릴 수 없는 건 자명한 일이라고 메리 시턴은 말했습니다. 우리는 소파도 각자의 방도 가질 수 없지요. 메리 시턴은 어떤 책을 인용하여 이렇게 말했습니다. "편의 시설은 더 기다려야 할 거예요."***

여성들이 1년 내내 일을 해도 2천 파운드를 모으기 어렵다는 사실을 생각하며, 또 3만 파운드를 모으기 위해 그들이 마다하지 않았을 그 온갖 노력을 생각하며, 우리는 여성의 빈곤이라는 비난받아 마땅한 현실에 경멸을 퍼부었습니다. 우리 어머니들은 그때 무엇을 하고 있었기에 우리에게 아무런 재산도 남기지 않았을까요? 콧잔등에 분을 바르고 있었을까요? 상점 창문을

** 우리는 최소한 3만 파운드를 모아야 한다고 들었습니다……. 영국과 아일랜드 그리고 식민지 영토를 통틀어 이런 종류의 학교가 하나뿐이라는 점을 감안하면, 그리고 남학생들의 학교를 세우는 기금은 마련하기가 무척 쉽다는 점을 고려하면 그리 큰 금액은 아닙니다. 하지만 여성이 교육받기를 진심으로 원하는 사람이 거의 없다는 점을 고려하면 상당한 금액이지요.[스티븐 부인, 《에밀리 데이비스와 거턴대학(Emily Davies and Girton College)》](원주)

*** 푼돈까지 전부 긁어모아 건물을 짓는 비용으로 충당했고, 편의 시설은 뒤로 미뤄둘 수밖에 없었다. [R. 스트레이치, 《대의(The Cause)》](원주)

들여다보고 있었을까요? 몬테카를로에서 뽐내며 일광욕을 즐겼을까요? 벽난로 선반 위에 사진이 몇 장 있었습니다. 사진 속 주인공이 메리의 모친이라면, 그녀는 여가 시간을 빈둥거리며 낭비했을지 모르지만(메리의 어머니는 교회 목사인 남편과의 사이에 자녀를 열세 명 두었지요), 그렇다 해도 얼굴에는 화려하고 방탕하게 생활한 즐거움의 흔적이 거의 보이지 않았습니다. 메리의 어머니는 수수한 모습이었습니다. 격자무늬 숄을 어깨에 둘러 커다란 카메오 장신구로 고정한 노부인이었지요. 부인은 버드나무 의자에 앉아서 스패니얼 종 개에게 카메라를 보게 하며 즐거워하면서도 셔터를 누르면 개가 바로 움직일 거라 확신한 듯 긴장한 표정이었습니다. 자, 부인이 사업에 뛰어들었다고 해봅시다. 인조견을 만드는 공장주나 증권 거래소의 큰손이 되어 20만이나 30만 파운드를 펀엄에 기부했다면, 오늘 밤 우리는 마음 편히 앉아 고고학이나 식물학, 인류학, 물리학, 원자의 성격, 수학, 천문학, 상대성 이론, 지리학 따위를 주제로 이야기를 나눌 수 있었을 것입니다. 시턴 부인과 부인의 어머니와 그 어머니의 어머니가, 그네들의 아버지와 할아버지가 그랬던 것처럼 돈을 버는 위대한 기술을 배워 그들과 같은 성을 가진 이들에게 전용되는 연구비와 교수 기금과 각종 상금과 장학 기금을 설립할 돈을 남겼더라면, 우리 두 사람이 이곳에서 포도주 한 병과 새 요리로 상당히 훌륭한 만찬을 즐길 수 있었을 겁니다. 기부금이 풍족하게 쌓인 전문직이라는 은신처에서 즐겁고 명예롭게 인생을 보낼 수 있다는 기대를, 지나친 바람이라는 생각 없이 당당하게 품을 수 있었을 겁니다. 그랬더라면 우리는 탐사를 떠나거나 글을 쓰고 있을지도 모르지요. 아무 생각 없이 전 세계의 유서 깊은 곳들을 돌아다닐 수도 있고, 파르테논 신전의 계단에 앉아 사색에 잠길 수도 있고, 10시에 사무실에 나갔다가 4시 반에 편안히 집에 돌아와 짤막한 시 한 편을 쓸 수도 있었겠지요. 시턴 부인과 부인의 어머니가 열다섯 나이에 사업에 뛰어들기만 했다면, 메리는(이 논의에서 예상치 못한 문제입니다만) 태어나지 못했을 겁니다. 메리에게 그 부분을 어떻게 생각하는지 물었습니다. 커튼 사이로 고요하고 아름다운 10월의 밤이 보였습니다. 노랗게 물드는 나뭇잎들 사이로 별도 한두 개 걸려 있었지요. 펜을 한 번 놀려 편 엄에 5만 파운드가량을 기부할 수 있게끔, 메리가 자기 몫의 재산을, 스코틀랜드에서 놀고 다투던 기억을(대가 족이지만 행복한 가정이었지요), 입이 마르도록 칭찬하던 그곳의 깨끗한 공기와 맛있는 케이크의 기억을 포기할 수 있을까요? 대학에 돈을 기부하려면 가족의 수를 제한해야 할 테니까요. 재산을 모으고 자식 열세 명을 낳는 것, 그것은 인간이라면 그 누구도 하지 못할 일입니다. 이런 사실을 고려해보자고 이야기했습니다. 우선 아기가 태어나려면 아홉 달이 걸립니다. 이제 아기가 태어납니다. 그러면 아기에게 젖을 먹이는 데 서너 달이 들어가지요. 아기를 먹이고 나면 아기와 놀아주는 데 5년은 족히 걸립니다. 아이들이 거리를 뛰어다니게 내버려둘 수는 없을 테니까요. 러시아에서 아이들이 제멋대로 뛰어다니는 모습을 보았던 사람들은 그 광경이 좋아 보이지 않았다고들 말합니다. 또 인간의 성격은 한 살에서 다섯 살 사이에 형성된다고들 말하지요. 메리에게 물었습니다. 시턴 부인이 돈을 벌었다면 놀이나 다툼의 기억을 가질 수 있었을까요? 스코틀랜드

45

와 그곳의 맑은 공기와 맛있는 케이크와 그밖에 모든 것들을 어떤 기억으로 떠올릴까요? 하지만 이런 질문은 하나마나예요. 메리는 태어나지도 못했을 테니까요. 더욱이 시턴 부인과 부인의 어머니와 그 어머니의 어머니가 막대한 재산을 모아서 대학과 도서관의 기틀을 마련하는 데 그 재산을 썼다면 어떻게 됐을까 하는 질문도 똑같이 무의미합니다. 애초에 그네들이 돈을 번다는 게 불가능하고, 돈을 벌 수 있었다 하더라도 자신들이 번 돈을 소유할 권리가 법적으로 허용되지 않았으니까요. 시턴 부인이 한 푼이라도 자기 돈을 소유할 수 있게 된 건 불과 48년 전 일이었습니다. 그 이전 수백 년 동안에는 모두 남편의 소유물이었습니다. 이런 생각도 아마 시턴 부인과 부인의 어머니들이 증권 거래소에서 멀어지는 데 한몫했겠지요. 그네들은 이렇게 말했을지 모릅니다. "돈을 버는 족족 전부 빼앗길 테고, 내 남편이 현명한 판단에 따라 그 돈을 사용하겠지. 베일리얼이나 킹스대학의 장학 기금 설립 같은 용도로 말이야. 그러니 돈을 벌 수 있다 해도 내게는 그리 흥미로운 일이 아니야. 남편한테 맡기는 게 낫지."

어쨌든 스패니얼을 쳐다보고 있는 노부인에게 책임을 지우든 말든, 이러저러한 이유로 우리 어머니들이 일을 크게 그르쳤던 것은 틀림없습니다. 단 1페니도 '편의 시설'에 쓰일 수 없었어요. 자고새 요리와 포도주에, 교구 관리와 잔디밭에, 책과 담배에, 도서관과 여가 시설 같은 것에 말입니다. 메마른 땅에 메마른 담을 쌓아올리는 게 그들이 할 수 있는 최선이었습니다.

그렇게 우리는 창가에 서서 수천 명의 사람들이 매일 밤 바라보듯 저 아래 유명한 도시의 둥근 지붕과 탑들을 내려다보며 이야기를 나누었습니다. 가을 달빛을 받은 도시는 매우 아름답고 신비로웠지요. 오래된 돌은 무척 하얗고 숭고해 보였습니다. 저 아래 모아둔 온갖 책들, 사각 패널로 장식된 방에 걸린 옛 성직자와 명사의 사진들, 포장된 땅 위로 공 모양과 초승달 모양의 기묘한 무늬를 떨어뜨리는 채색 유리창들, 기념패와 기념비 그리고 거기에 적힌 글들, 분수와 잔디밭, 고요한 안뜰이 내다보이는 조용한 방들이 생각났습니다. 그리고(이런 생각을 해서 미안합니다만) 감탄이 나오는 담배와 술과 푹신한 소파와 산뜻한 카펫, 사치와 개인 생활과 공간이 만들어내는 세련됨과 쾌적함과 품위도 생각났지요. 확실히 우리 어머니들은 이런 것들에 비견할 만한 어떤 것도 우리에게 제공해주지 못했습니다. 3만 파운드를 긁어모으기 힘들었던 우리 어머니들, 세인트앤드루스에서 목사와 결혼하여 자식을 열셋이나 낳은 우리 어머니들 말입니다.

그렇게 나는 숙소로 돌아갔고, 어두운 거리를 걸으며 하루 일과를 마친 사람들이 그러하듯 이런저런 일들을 곰곰이 생각해보았습니다. 시턴 부인은 왜 우리에게 한 푼도 남기지 않았던 것일까. 또 가난은 마음에 어떤 영향을 미칠까. 그날 아침에 보았던 어깨에 모피를 두른 기묘한 노신사도 생각이 났습니다. 또 휘파람을 불면 누군가 달려온다던 이야기도 떠올랐습니다. 예배당에서 울려대던 오르간 소리와 도서관의 닫힌 문도 생각했지요. 굳게 잠긴 문 밖에 서 있는 게 얼마나 불쾌한 일인지, 그래도 굳게 잠긴 문 안에 갇히는 게 더 불쾌한 일이려니 하는 생각도 했습니다. 한쪽 성(性)의 부와 안정, 다른 성의 가난과 불안정을 생각하고, 작가의 마음에 전통이 미치는 영향과 전통의 결핍이 미치는 영향을 생각했지요. 그리고 마침내 하루 동안의 논쟁과 남겨진 인상, 분노와 웃음 등을 하루의 쭈글쭈글한 껍질에 둘둘 말아 울타리 너머로 던져버려야 할 시간이라고 생각했습니다. 수많은 별이 하늘 위 푸른 광야에서 반짝이고 있었습니다. 나는 이해하기 어려운 사회에 혼자 남겨진 기분이었습니다. 사람들은 모두 잠이 들어 수평으로 엎드린 채 아무 말이 없었지요. 옥스브리지 거리에는 누구 하나 얼씬거리는 사람이 없었습니다. 호텔 문조차 보이지 않는 손길에 휙 하며 열리는 듯했고, 내가 침실을 찾아갈 수 있도록 불을 밝혀주려고 일어나 앉아 있는 이도 없었습니다. 너무 늦은 시간이었거든요.

2

여러분에게 나와 계속 함께 해달라고 청해도 괜찮
을지 모르겠지만, 이제 무대가 바뀌었습니다. 나뭇잎
은 여전히 떨어지고 있으나 이곳은 옥스브리지가 아니
라 런던입니다. 방을 하나 상상해보세요. 다른 수천 개
의 방들처럼, 창문 밖으로 모자를 쓴 사람들과 화물차
와 자동차가 오가고 그 너머로 다른 집의 창문들이 마
주 보이는 방입니다. 방 안 탁자에는 흰 종이가 놓여 있
고, 종이에는 커다란 글씨로 '여성과 소설'이라고만 쓰
여 있습니다. 옥스브리지에서 오찬과 저녁 만찬에 참
석했고, 이제는 부득이하게도 대영 박물관을 방문해야

합니다. 여기에서 느끼는 모든 감상에서 개인적이고 우연적인 것은 걸러내고 순수한 액체, 진실이라는 정제유를 추출해야 합니다. 옥스브리지를 찾아가고 오찬과 만찬에 참석하면서 수많은 질문이 생겨났으니까요. 왜 남자는 포도주를 마시고 여자는 물을 마시는 걸까? 왜 남성은 그토록 부유한데 여성은 이토록 가난할까? 가난은 소설에 어떤 흔적을 남길까? 예술 작품을 창작하려면 어떤 환경이 필요한가? 수많은 질문이 절로 쏟아져나왔습니다. 하지만 질문이 아니라 대답이 필요했지요. 그리고 그 대답을 구하려면 학문에 조예가 깊고 편견이 없는 사람들, 대립적 논쟁과 혼란스러운 육체를 넘어서 합리적 추론과 연구의 결과를 책으로 담아낸 사람들에게 의견을 물어야 했지요. 그 의견은 대영 박물관에서 찾을 수 있을 것입니다. 만약 대영 박물관의 서가에서 진실을 찾을 수 없다면 과연 어디에 진실이 있을까? 나는 공책과 연필을 집어 들며 혼자 중얼거렸습니다.

그렇게 준비를 마치고 나는 탐구하는 마음으로 진실을 추구하러 당당히 나섰습니다. 그날은 실제로 비가 오지는 않았지만 음산했고, 박물관 인근은 거리마다 지하 석탄고 문을 열고 사람들이 자루째 석탄을 들이붓고 있었습니다. 사륜마차가 다가와 멈추더니 끈으로 묶인 상자를 포장도로에 내려놓고 있었습니다. 상자에는 아마도 한 재산 만들고 싶거나 살 곳을 마련하기 위해 찾아온, 또는 겨울철 블룸즈버리의 하숙집에서 볼 수 있는 값나가는 물건들을 구하러 온 스위스나 이탈리아인 가족의 옷이 들어 있을 겁니다. 언제나처럼 목 쉰 소리를 내는 남자들이 수레에 화초를 싣고 거리를 활보했습니다. 그중에는 소리치는 사람들도 있고, 노래를 부르는 이들도 있었지요. 런던은 하나의 공장 같았습니다. 한 덩어리의 기계 같았지요. 우리는 전부 앞으로 튕겼다 뒤로 튕겼다 하며 이 밋밋한 바닥에 어떤 무늬를 만들고 있었어요. 대영 박물관도 공장의 한 부분이었습니다. 나는 문을 열어젖히고 들어가 거대한 둥근 천장 아래 섰습니다. 마치 유명한 이름들을 화려한 머리띠처럼 두른 거대한 대머리 이마 속에 든 하나의 생각이 된 듯했습니다. 접수처로 가서 종이를 한 장 받아들고 도서 목록을 펼쳤습니다. 그리고 ‧‧‧‧‧

여기서 점 다섯 개는 망연자실하고 어리둥절하며 당황스러웠던 5분을 각각 가리킵니다. 한 해 동안 여성에 대해 쓴 책이 얼마나 되는지 알고 있나요? 그중에서 남자가 쓴 책이 얼마나 되는지 아시나요? 여러분은 자신이 세상에서 가장 많이 논의되는 동물이라는 사실을 알고 있습니까? 나는 공책과 연필을 들고 책을 읽으며 아침을 보낼 생각으로 여기에 왔고, 아침이 지날 즈음이면 내 공책에 진실을 옮겨 담을 수 있을 거라 생각했습니다. 하지만 나는 한 무리의 코끼리가 되어야 하고, 수많은 거미 떼가 되어야 할 것 같았어요. 이 책들을 다 읽으려니 자포자기 심정이 되어 세상에서 가장 오래 산다는 동물과 가장 눈이 많다는 동물들이 생각났지요. 껍데기도 뚫을 수 있는 강철 발톱과 황동 부리가 필요했습니다. 어떻게 하면 이 방대한 종이 안에 새겨진 진실의 알곡들을 찾을 수 있을까요? 나 자신에게 물으며 절망에 빠져 길게 이어지는 제목들을 위아래로 훑어보았습니다. 책 제목도 내게 생각할 거리들을 제공해주었지요. 성과 그 본질이란 당연히 의사나 생물학자들에게 매력적인 주제일 겁니다. 하지만 놀랍고

53

도 설명하기 어려운 점은 유쾌한 글을 쓰는 수필가부터 글재주가 좋은 소설가, 문학 석사를 받은 젊은 남자, 아무 학위가 없는 남자 등, 여성이 아니라는 점을 제외하면 아무런 자격도 없는 남자들까지도 성, 즉 여성이라는 주제에 관심을 둔다는 사실이었습니다. 그중에는 겉보기에 경박스럽고 우스워 보이는 책들도 있었지만, 한편으로 진지하고 선지적이며 도덕적이고 무언가를 장려하는 책들도 많았습니다. 제목만 읽었을 뿐인데도 셀 수 없이 많은 학교 선생님들이, 수없이 많은 성직자들이 떠올랐습니다. 교단에, 설교대에 올라 여성이라는 한 주제에 할당되는 시간들을 훌쩍 넘기면서 장광설을 늘어놓는 모습 말이지요. 더없이 이상한 현상이었습니다. 게다가 M*으로 시작하는 항목을 찾아본 결과, 다분히 남성에게 국한된 현상이었습니다. 여성은 남성에 대한 글을 쓰지 않았지요. 이 사실에 나는 안도감을 느끼며 반가워하지 않을 수 없었습니다. 남성이 여성에 대해 쓴 글들부터 전부 읽은 다음 여성이 남성에 대해

---

* 남성을 뜻하는 'Male'의 머리글자다.

쓴 글들까지 모조리 읽어야 한다면, 100년에 한 번 피어나는 알로에 꽃이 두 번은 피어난 다음에라야 나도 글이라는 걸 쓸 수 있을 테니까요. 그렇게 철저히 내 멋대로 책 십수 권을 골라 대출 카드를 철망 선반에 올려놓고 진실의 정제유를 찾는 다른 사람들 사이에서 내 차례를 기다렸지요.

그런데 이 기묘한 차이가 발생하는 이유는 뭘까, 나는 영국의 납세자들이 다른 목적으로 제공한 대출 카드에 수레바퀴 모양 낙서를 하며 생각했습니다. 대출 목록을 보며 판단컨대, 왜 여성이 남성을 향하는 것보다 남성이 여성을 향해 그처럼 더 큰 흥미를 보일까요? 그 사실이 참으로 신기해 보였고, 나는 마음속으로 여성에 관한 책을 쓰며 시간을 보내는 남자들의 생애를 그려보았습니다. 나이가 많을까 적을까. 결혼은 했을까 하지 않았을까. 딸기코일까 곱사등일까. 어쨌든 관심받는 대상이 된 기분은 막연하나마 좋았지요. 관심을 갖는 사람들이 전부 불구거나 노쇠하고 병약한 사람들도 아니었고요. 그렇게 경박한 생각을 곱씹고 있을 때 내가 앉은 책상 위로 산사태처럼 책이 쏟아졌습

55

니다. 이제 고난의 시작입니다. 옥스브리지에서 연구하는 법을 교육받은 학생은 틀림없이 자신이 알고 있는 방법들로 정신을 흩뜨리는 모든 방해를 이기고, 양 떼를 우리로 몰고 가듯 마음속에 품은 질문을 놓치지 않은 채 꿋꿋이 답을 찾아가겠지요. 예컨대 내 옆자리에서 과학 해설서를 부지런히 베껴 쓰는 학생은 순수하고 본질적인 광석 덩어리를 10분에 한 번씩 캐내고 있을 것입니다. 그 학생이 만족스러운 듯 나지막이 끙끙거리며 내는 소리가 많은 말을 대신했지요. 하지만 불행히도 대학에서 아무런 교육을 받지 못한 사람이라면 질문을 온전히 우리로 인도하기는커녕 사냥개 무리에 쫓겨 겁먹고 허둥대는 양 떼처럼 질문을 이리저리 날뛰게 할 것입니다. 교수와 교사, 사회학자, 성직자, 소설가, 수필가, 언론인, 여성이 아니라는 점을 제외하고는 아무런 자격도 없는 남성들이 내가 가진 단순하고도 유일한 의문, 즉 "왜 어떤 여성들은 가난한가?"라는 질문을 뒤쫓았고, 그러자 그 질문은 50가지로 늘어났습니다. 그리고 그 50가지 질문은 강물 한가운데로 우르르 쏟아지더니 물결에 휩쓸려 내려갔지요. 나는 공책

페이지마다 메모를 휘갈겼습니다. 내가 어떤 마음이었는지 보여주기 위해 여러분에게 그때 써둔 메모 몇 개를 읽어주려고 합니다. 페이지 맨 위에는 목판체로 간단히 '여성과 가난'이라고 적혀 있고, 그 아래 이런 내용이 있습니다.

중세 시대 ……의 환경

피지 섬의 ……의 습관

여신으로 숭배하는……

……보다 도덕관념이 약함

……의 이상주의

……가 훨씬 더 양심적임

남태평양 제도 주민 중 ……의 사춘기 연령

……에 제물로 공여

……의 뇌가 작음

한층 더 심오한 ……의 잠재의식

털이 더 적은 ……의 몸

정신적, 도덕적, 신체적으로 열등한……

……의 아이들에 대한 사랑

수명이 더 긴……

근육이 더 약한……

……의 애정의 힘

……의 허영심

……의 고등 교육

……에 대한 셰익스피어의 견해

……에 대한 버컨헤드 경의 견해

……에 대한 주임 사제 잉의 견해

……에 대한 라 브뤼예르의 견해

……에 대한 존슨 박사의 견해

……에 대한 오스카 브라우닝의 견해

여기에서 숨을 돌린 뒤에 나는 여백에 덧붙여 썼습니다. 새뮤얼 버틀러는 왜 "현명한 남자는 여성에 대한 의견을 결코 말하지 않는다"라고 했을까? 현명한 남자는 그밖에 다른 것에 대해서도 절대 명확하게 말하지 않지요. 하지만 나는 의자에 등을 기대고 앉아 거대한 둥근 천장을 쳐다보며 계속해서 생각했습니다. 그 둥근 천장 아래 나는 하나의 생각이었지만, 지금은 다소 혼란에 빠진 생각이었습니다. 불행한 것은 현명한 남자들이 여자들에 대해 절대 같은 생각을 하지 않는다는 점입니다.

포프*는 이렇게 말합니다.

대부분의 여자는 개성이 전혀 없다.

라 브뤼예르는 이렇게 말하지요.

여성은 극단적이다. 그들은 남성보다 우월하거나 또는 열등하다.

동시대를 살았던 예리한 관찰자들이 정반대되는 견해를 말합니다. 여성에게 교육이 가능한가 불가능한가? 나폴레옹은 불가능하다고 생각했습니다. 존슨 박사의 생각은 반대였지요.** 여성에게 영혼이 있는가 없

---

* 시인이자 비평가인 알렉산더 포프를 말한다.

** "'남자들은 여성이 자신들보다 월등한 존재라는 사실을 알기 때문에, 가장 약하거나 가장 무지한 여자를 고른다. 남자들이 그렇게 생각하지 않

는가? 어떤 야만인들은 여성에게 영혼이 없다고 말하지요. 또 어떤 이들은 여성이 반쯤 신성한 존재라고 주장하며 그런 이유로 여성을 숭배합니다.* 일부 현자들은 여성의 두뇌가 더 얄팍하다고 생각한 반면, 어떤 이들은 여성의 의식이 더 깊다고 여겼습니다. 괴테는 여성을 찬미했고 무솔리니는 경멸했지요. 어디를 보아도 남자는 여자를 생각했고, 그 생각은 각기 달랐습니다. 그 전체를 다 이해하기란 불가능하다는 결론을 내리며, 나는 옆자리에서 앞머리에 A, B, C를 달아가며 깔끔하게 개요를 정리하는 학생을 부러운 눈으로 엿보았습니다. 내 공책은 서로 모순되는 내용들을 어지럽게 휘갈겨 쓴 메모들로 가득했거든요. 비참하고 당황스럽고 수치스러웠습니다. 진실은 내 손가락 사이로 빠져

는다면, 여성들이 자신들만큼 배우는 것을 두려워하지 않을 것이다.'…… 성을 공평하게 대하는 입장에서 솔직하게 인정할 수밖에 없다고 생각한다. 이어지는 대화에서 존슨 박사는 내게 자신이 했던 말이 진심이라고 말했다."[보즈웰,《헤브리디스 제도 여행기》(The Journal of a Tour to the Hebrides)] (원주)

* "고대 독일인은 여성에게 성스러운 면이 있다고 믿었고, 신탁을 전하는 여성에게 자문을 구했다."[프레이저,《황금가지》] (원주)

나가 버렸습니다. 한 방울도 남김없이요.

집에 가서 여성과 소설을 연구하는 데 지대한 공헌을 한답시고 여성은 남성보다 몸에 털이 적다거나, 남태평양 제도 주민들은 사춘기가 아홉 살(아니 아흔 살이던가? 글씨까지 엉망이라 알아볼 수가 없군요)에 시작된다는 등의 내용을 덧붙이는 일은 도저히 할 수가 없었습니다. 아침 내내 일을 하고도 뭔가 중요하거나 썩 괜찮은 결과를 보여줄 수 없다는 건 부끄러운 일이었지요. 만약 W(간결함을 위해 여성을 이렇게 부르기로 하겠습니다)에 대한 진실을 파악하지 못한다면, 무엇 때문에 W에 대해 고민하겠습니까? 여성과 여성이 미치는 영향(정치나 아동, 임금, 도덕 등 무엇이든)을 전공하는 저 많은 신사 분들이 아무리 많고 학식이 있다 해도 그들에게 의견을 구하는 건 순전히 시간 낭비 같았습니다. 그들이 쓴 책은 들춰보지 않는 편이 나을 듯했지요.

하지만 생각을 곱씹는 동안, 나는 무기력과 절망에 빠져 나도 모르게 어떤 그림을 하나 그리고 있었습니다. 옆자리 학생처럼 결론을 적고 있어야 할 곳에 말입니다. 내가 그린 것은 어떤 얼굴, 어떤 형상이었습니다.

'여성의 정신적, 도덕적, 신체적 열등성'이라는 제목으로 기념비적 작품을 집필하고 있는 X 교수의 얼굴과 형상이었습니다. 내가 그린 X 교수는 여성들이 매력을 느낄 만한 남자는 아니었습니다. 몸이 육중하고 턱살이 한껏 늘어진 데다 여기에 균형이라도 맞추려는 듯 눈은 아주 작았으며 얼굴은 붉은색이었습니다. 표정을 보면 X 교수는 어떤 감정에 휩싸여 일을 하고 있었지요. 글을 쓰는 동안 해충이라도 잡아 죽일 듯이 펜으로 종이를 찔러댔지만 벌레를 죽인다 해도 만족하지 못할 표정이었습니다. 그는 계속해서 벌레를 죽여야 했고, 그렇게 해도 분노와 짜증을 불러일으키는 어떤 원인은 그대로 남아 있는 듯 보였습니다. 그 원인이 교수의 아내였을까? 내 그림을 보며 물었습니다. 아내가 기병대 장교와 사랑에 빠지기라도 한 걸까? 그 기병대 장교는 날씬하고 우아하며 아스트랄한 모피 옷을 입었을까? 프로이트의 이론대로 교수는 요람에 누워 있을 때 예쁜 여자아이에게 비웃음을 당했던 걸까? 요람에 누워 있을 때조차 교수는 그렇게 예쁜 아기는 아니었을 테니까요. 이유가 무엇이든 여성의 정신적, 도덕적, 신체적 열등성에 대한 위대한 저작을 집필 중인 교수는 내 그림 속에서 매우 화나고 아주 추악한 얼굴이었습니다. 그림을 그리는 건 무익한 아침 일과를 끝내는 방법으로는 나태한 것이었지요. 그런 나태함 속에서, 우리가 빠져드는 망상 속에서, 때로는 깊이 감춰져 있던 진실이 수면 위로 떠오르기도 합니다. 정신 분석이라는 이름으로 그럴듯하게 포장하지 않아도 심리학에 대한 아주 기초적인 공부만으로도 나는 공책을 보면서 분노에 찬 교수 그림이 나의 분노에서 나왔다는 걸 알 수 있었습니다. 내가 망상에 빠져 있는 동안 분노가 나의 연필을 움켜쥐었던 것입니다. 그런데 분노가 거기에서 무엇을 하고 있었을까요? 흥미, 혼란, 재미, 권태 같은 이 모든 감정이 아침 내내 연달아 일어날 때 나는 그 감정들을 알아채고 이름 붙일 수 있었습니다. 분노라는 검은 뱀이 그 감정들 사이에 도사리고 있었던 걸까요? 그림은 그렇다고, 분노가 있었다고 말합니다. 그리고 분노의 악마를 불러일으킨 책 한 권, 한 구절을 떠오르게 했지요. 그것은 여성의 정신적, 도덕적, 신체적 열등성에 대해 그 교수가 논한 문장이었습니다. 심장이 빠르게 뛰었습니다. 두 뺨은 화끈거렸습니다. 분노로 얼굴이 빨개졌습니다. 바보 같기는 해도 딱히 이상할 것 없는 반응이었지요. 숨이 거칠고 기성품 넥타이를 매고 보름 동안 면도도 하지 않은 어린 남자아이(나는 옆자리에 앉은 남학생을 쳐다보았습니다)보다 천성적으로 열등한 존재라는 말이 듣기 좋을 리 없으니까요. 사람에게는 어리석은 허영심이 있습니다. 그것은 인간의 본성일 뿐이라고 생각하며 나는 분노에 찬 교수의 얼굴에 수레바퀴와 동그라미를 그리기 시작했습니다. 그러다 보니 교수의 얼굴은 불붙은 초목처럼, 불타는 혜성처럼 보였습니다. 어쨌든 인간의 외양이나 의미 따위는 알아볼 수 없는 유령이 되었지요. 이제 교수는 햄프스테드 히스* 꼭대기에서 불에 타는 장작더미에 지나지 않았습니다. 곧 나의 분노도 이유가 밝혀지고 사그라졌습니다. 하지만 호기심은 남아 있었지요. 교수들의 분노는 무엇으로 설명할 수 있을까? 교수들은 왜 화가 났을까? 이런 책을 읽고 난 뒤 인상을 분석

---

* 영국 런던 북서부의 고지대 햄프스테드에 있는 공원이다.

할 때면, 거기엔 항상 열기가 존재했거든요. 이 열기는 여러 형태를 띱니다. 풍자로, 정서로, 호기심으로, 비난으로 그 모습이 드러나기도 했지요. 그런데 종종 나타나지만 딱히 단정 짓기 힘든 요소도 존재했습니다. 나는 그것을 분노라고 불렀습니다. 하지만 분노는 지하로 내려가 다른 온갖 감정들 속에 섞여 들어가 버렸습니다. 그리하여 나타난 기이한 결과로 판단하건대, 그것은 단순하고 공공연한 분노가 아니라 실체를 감춘 복잡한 분노였습니다.

책상에 놓인 책더미를 뒤적여보며 이유가 무엇이든 이런 책들은 내가 가진 목적에는 아무런 도움이 안 된다고 생각했습니다. 다시 말해서 이 책들은 학문적으로 쓸모가 없었지요. 인간적으로 배워봄 직하고 흥미롭거나 따분한 내용이 가득하고 피지 섬 주민들의 습관에 관한 참으로 괴상한 사실들로 빼곡히 채워져 있다 해도 말입니다. 이 책들은 진실의 하얀빛이 아니라 감정이라는 빨간빛으로 쓰였으니까요. 따라서 이 책들은 중앙 창구로 돌아가서 각각 거대한 벌집 속의 제자리를 찾아가야 합니다. 아침 작업에서 거둔 성과는 분노라는 한 가지 사실뿐이었습니다. 그 교수들(이렇게 뭉뚱그려 부르겠습니다)은 화가 나 있었습니다. 하지만 왜? 나는 책들을 반납하며 자문했습니다. 어째서? 나는 비둘기와 선사 시대의 카누들이 보이는 회랑에 서서 거듭 물었습니다. 왜 화가 났을까? 이 물음을 중얼거리며 점심 먹을 곳을 찾아 길을 거닐었습니다. 일단 분노라고 이름 붙인 그 감정이 지닌 진정한 본질은 무엇일까요? 나는 물었습니다. 이 수수께끼는 대영 박물관 근처 어딘가의 한 작은 식당에서 음식이 나오는 동안 계속해서 내 머릿속을 맴돌았습니다. 누군가 먼저 점심을 먹은 사람이 의자에 오후 일찍 나온 석간신문을 두고 갔더군요. 음식이 나오기를 기다리는 동안 나는 한가로이 기사 제목들을 읽어보았습니다. 매우 큰 글자들이 신문 지면에 길게 박혀 있었습니다. 어떤 사람이 남아프리카에서 크게 성공했다는 소식이었습니다. 그보다 작은 활자들로 오스틴 체임벌린*이 제네바를 방문 중이라는 소식도 보였습니다. 사람 머리카락

---

* 영국의 정치가다.

이 붙은 고기 자르는 도끼가 지하실에서 발견되었다
는 소식도 있었지요. 어떤 판사는 이혼 법정에서 여자
들의 파렴치함에 대해 논평을 했다고도 하고요. 그밖
에 다른 기사들도 신문 여기저기에 올라 있었지요. 캘
리포니아에서 정상의 자리에 있던 한 여배우가 인기
가 시들해진 뒤 설 곳이 없다는 소식도 있었고, 안개
가 많이 낄 거라는 날씨 예보도 보였습니다. 지구에 아
주 잠깐 들렀다 떠나는 방문자라도 이 신문을 보면 여
기저기 흩뿌려진 증거만으로도 영국은 가부장제의 지
배 아래 있다는 사실을 모를 수가 없을 것 같습니다. 제
정신인 사람이라면 그 교수가 미치는 힘을 알아챌 수
밖에 없을 것입니다. 권력과 돈과 영향력은 그 교수 것
이었습니다. 그는 신문의 소유주이고 주필이고 교열자
였습니다. 외무 장관이자 재판관이었습니다. 또 크리켓
선수였습니다. 경주마도 요트도 그의 것이었지요. 그
는 주주들에게 배당금의 200퍼센트를 지급하는 회사
의 책임자였습니다. 그는 자신이 지배하는 대학과 자
선 단체에 수백만 파운드의 기금을 남겼습니다. 여배
우의 설 자리를 앗아간 사람도 그였습니다. 고기 자르

는 도끼에 붙어 있던 머리카락이 사람의 것인지도 그가 판결할 것입니다. 그는 살인범에게 무죄를 선고할지 유죄를 선고할지, 그래서 교수형에 처할지 풀어줄지를 결정하는 사람입니다. 안개만 제외하면 그가 모든 것을 좌지우지하는 것으로 보입니다. 그런데도 그는 화가 나 있습니다. 이처럼 나는 그가 화가 나 있다는 사실을 알고 있습니다. 그 사람이 여성에 대해 쓴 글을 읽을 때 나는 그가 말하는 바가 아니라 그 사람 자체를 생각합니다. 감정에 좌우되지 않고 공정하게 논쟁에 임하는 사람은 오직 그 논쟁에만 집중합니다. 그러면 독자도 그 논쟁만 생각할 수밖에 없지요. 그가 여성에 대해 공정하게 글을 썼다면, 반박할 수 없는 증거를 이용하여 자신의 논거를 규명했다면, 저런 결론이 아니라 이런 결론이기를 바란다는 흔적을 내보이지 않았다면, 읽는 사람도 화가 나지 않았을 것입니다. 완두콩은 초록색이고 카나리아는 노란색이라는 사실을 받아들이듯 독자도 사실을 있는 그대로 받아들였을 겁니다. 그렇구나 하고 말할 수밖에요. 그러나 그가 화를 냈기 때문에 나도 화가 났습니다. 하지만 석간신문을 넘기며 이 모든 권력을 가진 남자가 화가 나 있다니 말이 안 된다는 생각이 들었습니다. 아니면 분노란 권력과 가깝고 권력을 따라다니는 도깨비가 아닐까 하는 의문이 들었습니다. 예를 들어 부자도 가난한 사람들이 자신의 재산을 빼앗아가지 않을까 의심하기 때문에 걸핏하면 화를 냅니다. 교수들, 더 정확히 부르자면 가장들도 한편으로는 같은 이유에서 화를 내겠지만, 다른 한편으로는 겉으로 명확해 보이지 않는 어떤 이유로 분노합니다. 어쩌면 그들은 전혀 '분노'하지 않았는지도 모르지요. 실제로 개인 생활에서 인간관계를 보면 그들은 대개 상대를 칭찬하고 헌신적이며 모범적인 사람들이었습니다. 교수가 여성의 열등함을 다소 지나치게 강조할 때, 어쩌면 그 교수의 진짜 관심사는 여성의 열등성이 아니라 자신의 우월성이었을 겁니다. 그가 다소 격하게, 그리고 지나치게 강조하며 보호하고 싶었던 건 바로 그것이었습니다. 그에게 자신의 우월성이란 진귀한 가치를 지닌 보석이기 때문이지요. 삶은 어느 성(나는 어깨를 부딪치며 각자의 길을 가는 사람들을 쳐다보았습니다)에게나 몹시 힘들고 고되며 끝없는 투쟁입니다. 삶에는 굉장한 용기와 힘이 필요하지요. 그리고 착각의 동물인 우리 인간은 다른 무엇보다 자기 자신에 대한 믿음이 필요한 것 같습니다. 자신감이 없다면 우리는 요람에 누운 아기와 나를 바 없습니다. 그렇다면 이 가늠하기 어려우면서도 참으로 귀중한 자질을 어떻게 하면 가장 빠르게 만들어낼 수 있을까요? 다른 사람이 나보다 열등하다고 생각하면 됩니다. 나는 태어날 때부터 남보다 우월하다고 생각하면 되는 것이지요. 재산이든, 지위든, 오뚝 선 콧날이든, 롬니*가 그려준 할아버지의 초상화든, 뭐든 생각해볼 수 있지요. 인간의 상상력에서 나오는 애처로운 방책들은 끝이 없으니까요. 그리하여 정복해야 하고 지배해야 하는 가장에게 수많은 사람, 사실상 인류의 절반이 자기보다 천성적으로 열등하다는 생각이 그토록 막대한 중요성을 가집니다. 이러한 생각은 실제로 가장이 누리는 권력의 주요한 원천 중 하나입니다. 하지만 이 관찰의 조명을 현실 생활 쪽으로 돌려봅시다. 그것이 일상생활

---

* 영국의 초상화가다.

의 여백에 기록해둔 심리적 수수께끼 몇 가지를 설명하는 데 도움이 될까요? 일전에 매우 인정 많고 겸손한 남성 Z씨가 레베카 웨스트*의 책을 집어 들고 한 구절을 읽은 다음 "골수 페미니스트 같으니! 남자는 다 속물이라고 하잖아!"라고 소리쳤을 때 내가 느꼈던 경악을 설명해줄 수 있을까요? 그 외침은 나로서는 매우 놀라운 것이었지요. 상대 성(性)에 대해 무례할지 몰라도 어쩌면 진실일 수 있는 언급을 했다고 해서 웨스트 양이 골수 페미니스트라는 말을 들어야 하나요? 그 외침은 단지 상처 입은 허영심이 울부짖는 소리는 아니었습니다. 자기 자신에 대한 믿음을, 그 믿음을 가질 권력을 침해당한 데 대한 항의였지요. 여성은 수백 년 동안 남성을 실제 크기보다 두 배로 더 크게 보이도록 비추는 마법과 달콤한 힘을 갖춘 거울 노릇을 했습니다. 그 힘이 없었다면 세상은 아직도 늪과 밀림뿐이었을 겁니다. 우리가 치른 영광스러운 전쟁도 없던 일이 되었겠지요. 아직도 양고기를 먹고 남은 뼛조각을 긁어 사슴

---

* 영국의 소설가 겸 비평가다.

윤곽을 그리고 있었을 테고, 부싯돌을 양가죽이나 질박한 취향에 어울리는 단순한 장신구와 교환하고 있을 겁니다. '초인'과 '운명의 손가락'도 결코 존재하지 않았을 겁니다. 제정 러시아의 황세와 신성 로마 제국의 황제가 황위에 오르는 일도, 그 자리에서 쫓겨나는 일도 없었을 것입니다. 문명사회에서 그 용도가 무엇이든 거울은 모든 폭력적이고 영웅적 행위에 필수적입니다. 바로 이런 이유에서 나폴레옹과 무솔리니는 여성의 열등함을 그토록 힘주어 주장했습니다. 여성이 열등하지 않으면 남성을 확대해서 보여주는 거울도 기능을 멈출 테니까요. 그렇다면 남성이 그토록 빈번히 여성을 필요로 하는 현실이 부분적으로 설명됩니다. 그리고 여성의 비판을 받으면 그토록 안절부절못하는 이유도 설명될 수 있지요. 여성이 남성에게 이 책은 형편없다거나 이 그림은 별 볼 일 없다거나 또는 그런 식의 어떤 비평을 하면, 왜 똑같은 비평을 남성이 할 때보다 훨씬 더 큰 고통을 주고 훨씬 더 큰 분노를 불러일으키는지도 설명됩니다. 여성이 진실을 말하기 시작하면, 거울에 비친 남성의 형상은 움츠러들고 삶을 살아

갈 힘도 줄어들 테니까요. 아침저녁으로 실제보다 두 배는 더 큰 자기 모습을 볼 수 없다면, 남성이 어떻게 계속해서 판결을 내리고 원주민을 교화하며 법을 제정하고 책을 집필하고 정장을 차려입고 연회에서 장광설을 늘어놓을 수 있겠습니까? 나는 빵을 잘게 부수고 커피를 저으며 거리를 오가는 사람들을 이따금 바라보면서 이렇게 생각했습니다. 거울에 비친 상은 지극히 중요하다고 말입니다. 그것은 활력을 충전하고 신경계를 자극하기 때문입니다. 그 상을 앗아가면 남자는 코카인을 빼앗긴 약물 중독자처럼 죽을지도 모릅니다. 저 거리의 사람들 절반은 그러한 환영이 거는 주문에 홀린 채 힘차게 일터를 향하고 있다고, 창밖을 내다보며 생각했습니다. 그들은 아침에 기분 좋은 환영의 빛살을 받으며 모자를 쓰고 외투를 입을 것입니다. 그들은 스미스 양의 티 파티에 자신이 필요하다고 믿으며 자신 있게 기운차게 하루를 시작합니다. 방으로 들어가며 자신은 이곳에 모인 사람들 절반보다 우월하다고 되뇔 것이고, 따라서 자신감과 자기 확신에 차서 이야기하고, 그렇게 공적 생활에서 뜻깊은 결과를 얻어내며 사적인 마음의 여백에 그토록 신기한 기록을 남기게 되는 것입니다.

그러나 남성의 심리학이라는 위험하고도 매혹적인 주제(바라건대 연 소득 500파운드 정도 되면 연구해볼 만한 주제입니다)에 이바지할 뻔했던 순간은 점심 값을 내느라 끝이 났습니다. 점심 값은 5실링 9펜스였지요. 종업원에게 10실링짜리 지폐를 주자 그는 거스름돈을 가지러 갔습니다. 지갑 안에는 10실링짜리 지폐가 한 장 더 있었습니다. 그 돈에 눈길이 갔습니다. 내 지갑에서 자동적으로 10실링짜리 지폐가 나온다는 건 아직도 숨이 멎을 만큼 놀라운 사실이기 때문이지요. 지갑을 열면 그 안에 돈이 있습니다. 단지 나와 이름이 같다는 이유로 숙모님이 내게 남겨준 유산에서 지폐 몇 장을 지불하면 사회는 내게 닭고기와 커피를 주고, 침대와 숙소를 제공해줍니다.

내 숙모 메리 비턴은 봄베이에서 말을 타고 바람을 쐬러 나갔다가 낙마하여 작고했습니다. 여성에게 투표권을 주는 법안이 통과되던 날 밤에 나는 유산을 물려받았다는 소식을 들었습니다. 변호사의 편지가 우편함에 도착했고, 봉투를 열자 내가 죽을 때까지 매년 500파운드를 받게 되었다는 내용이었습니다. 투표권과 돈, 이 두 가지 중 내게는 돈이 훨씬 더 중요해 보였다는 사실을 인정해야겠습니다. 그동안에는 신문사에 잡다한 일들을 구걸하고, 여기저기서 당나귀 쇼나 결혼식에 관한 소식을 기고하며 생계를 이었습니다. 편지 봉투에 주소를 쓰고 노부인들에게 책을 읽어주고 조화를 만들고 유치원에서 아이들에게 알파벳을 가르치기도 하며 몇 파운드씩 벌었지요. 1918년 이전에는 여성이 가질 수 있었던 직업이 주로 이런 일이었거든요. 이런 일이 얼마나 고된지 자세히 설명할 필요는 없겠지요. 여러분도 아마 이런 일을 하는 다른 여자들을 알고 있을 테니까요. 또 여러분도 경험이 있을 테니 그렇게 번 돈으로 생활을 꾸리기가 얼마나 어려운 일인지 말하지 않아도 되겠지요. 하지만 여전히 그보다 더 큰 고통으로 남아 있는 것은 지난날 내 안에 키워온 두려움과 비통함이라는 독이었습니다. 우선 언제나 하기 싫은 일을 하고 있다는 사실, 늘 그래야 했던 건 아니지만 그렇게 해야 할 것 같았고 위험을 감수하기에는 이

해관계가 너무 커서 노예처럼 비위를 맞추고 아양을 떨며 그 일을 하고 있다는 사실, 그리고 드러내지 않으면 죽는 것과 다를 바 없던 재능(하잘것없지만 당사자에게는 소중한)이 소멸하고 그와 함께 내 자신, 내 영혼도 파괴당한다는 생각, 이 모든 것이 꽃피는 봄날을 갉아먹고 나무속을 좀먹는 녹처럼 변했지요. 하지만 말했듯이 숙모가 죽었습니다. 그리고 10실링 지폐를 바꿀 때마다 그 녹과 좀먹은 부분이 조금씩 벗겨져 나가고 두려움과 비통함이 사라집니다. 실제로 은화를 지갑에 넣으며 생각했습니다. 지난날의 쓰라림을 떠올리면 고정 수입이 사람의 기질을 이렇게 변화시킬 수도 있다는 게 놀라울 따름이라고요. 이 세상의 어떤 권력도 내게서 500파운드를 빼앗을 수 없습니다. 음식과 집, 옷은 영원히 내 것입니다. 그리하여 노력과 노동만 끝나는 것이 아니라 증오와 비통함도 멈춥니다. 나는 어느 누구도 미워할 필요가 없습니다. 누구도 나를 해치지 않으니까요. 남자에게도 아부할 필요가 없습니다. 그가 나에게 줄 것이 없기 때문입니다. 언제부턴가 나는 인류의 다른 절반을 새로운 태도로 대하기 시작했습니다. 어느 계급이나 어느 성을 싸잡아 비난한다는 건 불합리한 일이지요. 사람들 대부분은 자신이 한 일에 결코 아무런 책임이 없습니다. 사람은 자신이 통제할 수 없는 본능에 이끌리지요. 그들, 가장들, 교수들 역시 수많은 난관과 끔찍한 결함에 봉착하지요. 그들도 어떤 점에서는 나처럼 잘못된 교육을 받았습니다. 그러면서 내면에 커다란 결함을 만들어냈지요. 그들이 돈과 권력을 쥔 것은 사실이나 그 대가로 죽을 때까지 간을 찢고 허파를 쪼아대는 독수리와 매를 가슴 속에 품고 살아야 했습니다. 소유하려는 본능, 손에 넣으려는 격정 때문에 그들은 끝없이 다른 사람들의 땅과 재산을 탐내고, 국경을 만들어 깃발을 세우며, 전함과 독가스를 만들고, 자기 자신과 아이들의 생명을 제물로 바칩니다. 애드미럴티 아치*(나는 그 기념비가 있는 곳에 이르렀습니다)나*전리품과 대포가 전시된 거리를 걸어보고, 그곳에서 기념한 영광이 어떤 것이었는지 곰곰이 생각해보십시오. 아니면 봄날 햇살 속에서 증권 거래

---

* 1911년 에드워드 7세가 빅토리아 여왕을 기리기 위하여 건설한 아치다.

인과 위대한 변호사가 돈을 벌고 또 벌고 또 벌기 위해 문 안으로 들어가는 모습을 지켜보십시오. 사실 1년에 500파운드가 있으면 햇볕을 받으며 살 수 있는데 말입니다. 이러한 본능은 가슴에 품기에는 불쾌한 것이라는 생각이 들었습니다. 이런 것은 삶의 환경에서 곧 문명의 결여에서 자라나는 거라고, 케임브리지 공작의 동상을 바라보며, 특히 공작이 비스듬히 쓴 모자에 달린 깃털을, 깃털로서는 거의 받아본 적 없었을 흔들림 없는 시선으로 바라보며 생각했습니다. 이러한 결함을 깨닫자 두려움과 비통함은 서서히 연민과 관용으로 바뀌었습니다. 그렇게 1년에서 2년이 지난 뒤에는 연민과 관용도 사라지고 가장 위대한 해방이 찾아왔습니다. 그것은 사물을 그 자체로 생각하는 자유였습니다. 예를 들어 저 건물은 내 마음에 드는가 들지 않는가? 저 그림은 아름다운가 아닌가? 내 생각에 저것은 좋은 책인가 나쁜 책인가? 사실상 내 숙모의 유산은 내 앞을 가렸던 덮개를 걷어내고, 밀턴이 내게 영원히 경배하라 권했던 크고 위풍당당한 신사의 형체 대신 드넓은 하늘의 경관을 보여주었습니다.

그렇게 생각하고 사색에 잠겨 나는 강가에 있는 집으로 돌아가기 위해 걸음을 옮겼습니다. 가로등이 켜졌고, 아침 시간 이후로 런던에는 이루 헤아릴 수 없는 변화가 찾아들었습니다. 마치 거대한 기계가 하루 종일 일을 한 뒤에 우리의 도움을 받아 매우 재미있고 아름다운 무언가를, 그러니까 빨간 눈을 빛내며 불타오르는 듯한 직물을, 뜨거운 숨결을 뿜어대며 으르렁거리는 황갈색 괴물을 더 만들어낸 것 같았습니다. 바람조차 깃발처럼 휘날리며 집들을 후려치고 길거리 광고판들을 덜걱덜걱 흔들었습니다.

　　하지만 우리 집이 있는 작은 거리에는 주로 가정의 일들이 일어나고 있었지요. 집을 칠하는 도장공이 사다리를 내려오고 있었고, 보모는 조심스레 유모차를 밀며 안팎을 들락거리다 차를 마시러 유아원으로 들어가고 있었습니다. 석탄을 운반하는 인부는 텅 빈 자루를 차곡차곡 개고 있었고, 청과물상을 지키는 여자는 빨간 장갑을 낀 손으로 그날의 수입을 계산하고 있었습니다. 하지만 여러분이 내게 지워준 문제에 골몰한 나머지 나는 이런 일상의 광경을 볼 때도 그것들을 하나의 중심으로 귀결시켰습니다. 이런 직업들 중 어느 것이 더 고귀하고 어느 것이 더 필요한지 판단하는 일은 100년 전에도 어려웠겠지만 지금은 그보다 더 어렵다는 생각이 들었습니다. 석탄 인부가 되는 게 나을까요, 보모가 되는 게 나을까요? 아이 여덟 명을 키운 보모는 수십만 파운드를 버는 변호사보다 세상에 더 가치 없는 사람일까요? 이런 질문은 해봐야 소용없습니다. 아무도 그 질문에 대답할 수 없기 때문이지요. 보모와 변호사의 상대적 가치는 수십 년이 흐르면서 오르락내리락할 뿐 아니라, 지금 당장의 가치를 비교해보려 해도 우리에겐 그것을 측정할 만한 잣대가 없으니까요. 나는 어리석게도 여성에 대한 주장을 펼친 교수에게 이러저러한 주장들의 '반박할 수 없는 증거'를 내놓으라고 요구했지요. 이 순간 어느 한 재능의 가치를 평가할 수 있다 하더라도 그 가치는 변할 것입니다. 100년이 지나면 이 가치들은 완전히 바뀌겠지요. 더군다나 100년 뒤에는 여성도 지금처럼 보호받는 존재로 머물지 않을 거라고, 집 현관 앞에 이르러 생각했습니다. 당연히 여성은 지금껏 가로막혔던 모든 활동과 힘든 일에 참여할 것입니다. 아이를 돌보던 여자는 석탄을 운반할 것이고, 상점을 지키던 여자는 기관차를 운전할 겁니다. 여성이 보호받는 성일 때 사실 관계에 근거를 둔 가정들은 사라질 것입니다. 이를테면(이때 군부대가 거리를 따라 행진했습니다) 여성과 성직자와 정원사가 다른 사람들보다 오래 산다는 가정 같은 것 말입니다. 여성에게서 보호막을 걷어치우고 그들도 똑같이 고된 일과 활동에 참여시키며, 군인이나 선원, 기관사, 부두 노동자로 만들어봅시다. 그래도 여성이 남성보다 훨씬 이른 나이에, 훨씬 빨리 죽게 되어 과거에 "오늘 비행기를 한 대 봤어"라고 말했듯 "오늘 여자를 한 명 봤어"라고 말하는 날은 오지 않을 겁니다. 여성이 보호받는 존재이기를 멈추면 무슨 일이 벌어질지 모르겠다고 나는 문을 열며 생각했습니다. 하지만 이 모든 생각이 '여성과 소설'이라는 내 강연 주제와 어떤 관련이 있을까요? 나는 안으로 들어가며 자문했습니다.

3

저녁이 되도록 어떤 중요한 명제나 확실한 사실을 얻지 못한 채 집에 돌아왔다는 것이 실망스러웠습니다. 여성은 남성보다 가난한데, 그 이유는 이러저러한 것들 때문이겠지요. 어쩌면 이제 진실 추구를 그만두고, 용암처럼 뜨겁고 개숫물처럼 탁한 수많은 견해를 받아들이는 게 나을지도 모릅니다. 커튼을 내려 산만한 생각들을 내쫓고 불을 켠 다음 탐구의 대상을 좁혀 의견이 아닌 사실을 기록하는 역사가들에게 여성이 어떤 환경 아래 생활했는지, 전 역사를 통틀어서가 아니라 영국 역사에서, 그러니까 엘리자베스 여왕 시대에는 어떠했는지 설명해달라고 하는 편이 나을지도 모르지요.

남성이라면 다들 노래를 만들고 소네트를 쓸 수 있었던 그 시대에 어떤 여성도 비범한 문학 작품 한 토막 남기지 않은 이유는 영원한 수수께끼이기 때문입니다. 여성은 어떤 환경에 처해 있던 걸까? 나는 혼자 되물었습니다. 소설은 상상력의 산물이기는 하지만 조약돌처럼 땅 위로 뚝 떨어지는 것이 아닙니다. 과학에서는 그럴지도 모르지요. 소설은 거미줄과 같아서 아주 약한 힘이라도 삶의 네 귀퉁이에 들러붙어 있습니다. 흔히 그렇게 붙어 있다는 걸 자각하지도 못하지요. 예를 들어 셰익스피어의 희곡들은 그 자체로 완벽하게 공중에 매달려 있는 듯 보입니다. 그러나 거미줄을 비스듬히 당겨보고 가장자리를 들어보고 가운데를 찢어보면, 이 거미줄은 형체 없는 생명체가 공중에 자아낸 것이 아니라 고통받는 인간의 작품이며, 실재하는 것들, 건강과 돈과 우리가 사는 집 따위에 부착되어 있다는 사실을 떠올리게 됩니다.

그리하여 나는 역사서들을 꽂아둔 서가로 가서 가

장 최근에 나온 트리벨리언* 교수의 《영국사》를 꺼내 들었습니다. 다시 한번 나는 '여성'이라는 단어를 찾아 '여성의 지위' 항목을 발견하고는 해당 페이지를 펼쳤습니다. 거기에는 이런 내용이 있었지요. "아내를 구타하는 것은 남성의 당연한 권리였고, 상층민이나 하층민이나 수치심을 느끼지 않고 일상적으로 행했다……. 마찬가지로" 역사가는 계속해서 말했습니다. "부모가 선택한 신사와 결혼하기를 거부하는 딸을 방에 감금하고 구타하고 바닥에 내동댕이치는 등의 체벌은 흔했으며, 세간에 전혀 충격적인 일도 아니었다. 결혼은 개인의 애정이 아니라 가족의 탐욕으로 이루어졌는데, 특히 '예의를 중시하는' 상류 계급에서 그러했다…… 한쪽 또는 양쪽 당사자가 아기일 때 약혼이 이루어지고, 보모의 보살핌을 채 벗어나기도 전에 결혼식이 성사되는 경우도 빈번했다." 당시는 1470년경으로 초서** 의 시대가 지난 직후였습니다. 다음으로 여성의 지위에 대한 언급이 나오는 시기는 약 200년 뒤인 스튜어

* 영국의 역사가다.
** 영국을 대표하는 시인이다.

84

트 왕조 시대였습니다. "상류층과 중산층 여성들이 직접 남편을 선택하는 일은 여전히 예외였고, 남편이 정해지면 법률과 관습이 허락하는 한에서 그가 곧 주인이자 지배자가 되었다. 그렇다 하더라도" 트리벨리언 교수는 다음과 같이 결론을 내렸습니다. "셰익스피어의 작품에 등장하는 여성들이나 버니*와 허친슨**이 쓴 진솔한 17세기 회고록 속 여성들 모두 개성이나 성격이 부족한 것처럼 보이지 않는다." 생각해보면 클레오파트라는 확실히 자기만의 길이 있었지요. 맥베스 부인 역시 자신의 의지를 갖고 있었던 것으로 보이고요. 로잘린드는 매력적인 소녀였다고 결론 내릴 수도 있겠지요. 트리벨리언 교수가 셰익스피어의 작품 속 여성들에게 개성과 성격이 부족한 것 같지 않다고 말할 때, 그것은 진실이었습니다. 역사가가 아닌 사람은 더 나아가 여성은 태초부터 모든 시인의 작품 안에서 봉홧불처럼 타올랐다고 말할 것입니다. 극작품을 찾아보자면 클리타임네스트라부터 안티고네, 클레오파트라, 맥

---

* 영국의 작가이자 저널리스트다.

** 영국의 전기 작가다.

베스 부인, 페드르, 크레시다, 로잘린드, 데스데모나, 몰피 공작 부인 등이 있습니다. 또 산문 작품 중에는 밀러먼트와 클라리사, 베키 샤프, 안나 카레니나, 에마 보바리, 게르망트 부인 등의 이름이 한꺼번에 마음속에 떠오릅니다. 이들 중 '개성과 성격을 결여한' 여성으로 상기되는 인물은 아무도 없지요. 사실 여성이 남성이 쓴 소설 속에만 등장하며 세상에 없는 존재라면, 우리는 여성을 지극히 중요한 인물로 상상할 것입니다. 매우 다양하고, 용감하거나 비열하고, 눈부시거나 추악하고, 대단히 아름답거나 극도로 흉측하고, 남성만큼 위대한 존재로, 누군가는 더 위대한 존재로 생각할 겁니다.* 하

* "여성은 노예로서 억압에 얽매이고 고된 노동에 시달렸던 동양에서와 거의 같은 처지인 아테네에서 클리타임네스트라와 카산드라, 아토사와 안티고네, 페드라와 메데이아 등 여러 여주인공이 계속해서 연극 무대에 등장한 사실은 거의 설명이 불가능한 이상한 일이다. 이 여주인공들은 '여성 혐오자'인 에우리피데스의 연극마다 무대에 올라 극을 지배했다. 그러나 현실에서 신분이 높은 여성은 얼굴을 내보이며 혼자 거리를 다닐 수 없었지만, 무대 위의 여성은 남성과 동등하거나 남성보다 뛰어나게 묘사되는 이러한 모순에 대해 납득할 만한 설명은 한 번도 들어본 적이 없다. 현대의 비극에서도 여성이 우월한 현상은 계속된다. 아무튼 셰익스피어의 작품(말로나 존슨의 경우는 다르지만 웹스터의 작품은 비슷하다)을 대략적으로 살펴만 봐도 로잘린드부터 맥베스 부인까지 이러한 여성 우위와 여성의 주도성이 계속되는 현상을 충분히 알 수 있다. 라신의 작품

지만 이것은 소설에 등장하는 여성입니다. 실상은 트리벨리언 교수가 지적했듯이, 여성은 감금당했고 구타당했고 바닥에 내동댕이쳐졌지요.

그리하여 매우 기묘하고 복합적인 존재가 등장합니다. 상상 속에서 여성은 더없이 귀하고 중요한 위치에 서지만, 실제로는 완전히 하찮은 존재입니다. 시가에는 첫 장부터 마지막 장까지 등장하지만 역사에서는 거의 존재하지 않습니다. 소설에서 여성은 왕과 정복자들의 삶을 지배하지만, 현실에서는 자신의 손가락에 강제로 반지를 끼운 어느 부모의 아들이 부리는 노예였습니다. 문학 작품에서는 가장 마음을 울리는 말들과 가장 깊이 있는 생각들이 여성의 입을 통해 나오지만, 현실에서 여성은 거의 읽을 줄도 모르고 철자법도 모르며 남편의 재산일 뿐이었습니다.

들도 마찬가지다. 그의 비극 여섯 편은 제목이 여주인공의 이름이다. 그의 작품에서 에르미온과 앙드로마크, 베레니스와 록산, 페드르와 아탈리에 대적할 만한 남성 등장인물을 꼽을 수 있을까? 입센도 그러하다. 솔베이그와 노라, 헤다와 힐다 반겔 그리고 레베카 웨스트에 필적하는 남자로 누구를 생각할 수 있을까?"[F. L. 루카스, 《비극(Traged)》, 114~115쪽] (원주)

역사가가 쓴 글을 먼저 읽고 나서 시인들의 글을 읽은 탓에 확실히 기묘한 괴물이 마음속에 그려졌습니다. 독수리의 날개가 달린 벌레나 부엌에서 소고기 비계를 토막 내는 생명과 미의 정령 같은 것들 말입니다. 하지만 이런 괴물은 재미있는 상상이기는 해도 사실 존재하지 않습니다. 괴물에 생명을 불어넣으려면 시적으로 그리고 동시에 산문적으로 생각해야 합니다. 그리하여 사실의 요소들(그 여자는 마틴 부인으로 서른여섯 살이고 파란 옷을 입었으며 검은 모자를 쓰고 갈색 신발을 신었다는 사실)을 견지하면서 소설의 시야(그 여자는 온갖 종류의 정신과 힘이 끊임없이 흐르며 반짝이는 그릇이라는)도 잃지 않아야 하지요. 하지만 엘리자베스 시대의 여성을 놓고 이런 시도를 하는 순간 한쪽의 조명이 꺼집니다. 사실의 결핍으로 길이 막히는 것입니다. 그 여성에 관한 자세한 사실, 온전히 진실인 사실, 중요한 사실들을 하나도 모르기 때문이지요. 역사는 여성을 좀처럼 언급하지 않으니까요. 그래서 다시 트리벨리언 교수에게 돌아가 그에게는 역사가 어떤 의미인지 살펴보기로 했지요. 그리고 각 장의 제목을 보면서 역사란 다음과 같은 의미라는 것을 알게 되었습니다.

"장원 재판소와 공동 경작 방법…… 시토 수도회와 목양업…… 십자군…… 대학…… 하원…… 백 년 전쟁…… 장미 전쟁…… 르네상스 시대의 학자들…… 수도원의 해체…… 농민 투쟁과 종교 갈등…… 영국 해군력의 기원…… 무적함대……" 등등이었지요. 이따금 엘리자베스나 메리 같은 여성 개인의 이름이 언급되기도 했습니다. 여왕이거나 귀부인이었지요. 하지만 아무것도 가진 게 없고 자기 힘으로 움직일 수 있는 거라고는 두뇌와 개성뿐인 중산층 여성들은 역사가의 눈에 비친 과거의 거대한 흐름들 어디에도 낄 수가 없었습니다. 일화집에서도 여성은 찾아볼 수 없지요. 오브리*는 여성에 대한 이야기는 거의 하지 않습니다. 여성은 자신의 삶을 결코 기록하지 않으며 일기를 쓰는 일도 좀처럼 없습니다. 남아 있는 기록이라고는 편지 몇 장이 유일하지요. 우리가 여성을 판단할 수 있는 희곡이나 시 한 편 남기지 않았습니다. 내 생각에 우리가 원

---

* 영국의 전기 작가다.

하는 건(그런데 왜 뉴넘이나 거턴의 똑똑한 학생들은 우리가 원하는 걸 주지 않는 걸까요?) 많은 정보입니다. 결혼은 몇 살쯤 했는지, 보통 아이는 몇 명이나 낳았는지, 어떤 집에서 살았고 자기만의 방이 있었는지, 요리를 했는지, 하인을 두고 싶어 했는지 같은 것 말입니다. 이 모든 사실은 아마도 교구 등기부나 회계 장부 어디쯤엔가 적혀 있을 겁니다. 엘리자베스 시대에 살았던 여성의 기록이 어딘가에 흩어져 있을 것이고, 누군가 그것을 수집하여 책으로 엮을 수도 있을 것입니다. 저 유명한 대학의 학생들에게 역사를 다시 써야 한다고 말하는 건 내가 감히 엄두도 내지 못할 야심일 거라고, 나는 없는 책을 찾아 서가를 둘러보며 생각했습니다. 역사란 비현실적이고 편파적이어서 약간 수상쩍어 보이기 마련이라는 점을 인정합니다만, 왜 역사에 부록을 덧붙여서는 안 되는 걸까요? 눈에 띄지 않는 제목을 붙여 여성이 적절하게 등장할 수 있도록 말입니다. 위인의 전기를 읽다 보면 여성이 배경으로 휙 사라져버리는 현장이 흘깃 보일 때가 많고, 때로는 그 여성이 윙크와 웃음을, 어쩌면 눈물을 감추고 있는 듯합니다. 어쨌든 우리는 제인 오스틴의 생애는 충분히 알고 있습니다. 조애너 베일리*의 비극들이 에드거 앨런 포의 시에 어떤 영향을 미쳤는지 다시 숙고해볼 필요는 없겠지요. 나로 말하자면 메리 러셀 미트퍼드의 생가와 자주 들르던 장소들이 최소한 100년쯤 대중에게 공개되지 않아도 개의치 않습니다. 다만 내가 개탄스러워하는 점은 18세기 이전 여성들에 대해 알려진 게 아무것도 없다는 사실이라고, 다시 서가를 둘러보며 생각했지요. 내 머릿속에는 이리저리 돌려볼 만한 모델이 없습니다. 여기서 나는 엘리자베스 시대의 여성들은 왜 시를 쓰지 않았는지 묻고 싶습니다. 그러나 나는 그 여성들이 어떤 교육을 받았는지 알지 못합니다. 글 쓰는 법은 배웠는지, 혼자 쓰는 방이 있었는지, 스물한 살이 되기도 전에 아이를 낳은 여성은 얼마나 되는지, 한마디로 아침 8시부터 저녁 8시까지 그들이 무엇을 했는지 나는 모릅니다. 돈이 없었던 건 분명합니다. 트리벨리언 교수의 책을 보면, 여성들은 싫든 좋든 아직 보살

----

* 스코틀랜드의 시인이자 극작가다.

핌을 받아야 할 어린 나이에 결혼을 했습니다. 열다섯 살이나 열여섯 살쯤이었겠지요. 이런 사실로 미루어보 건대, 만약 그들 중 누군가가 갑자기 셰익스피어의 희 곡을 쓴다면 그야말로 이상한 일이었을 거라는 결론 을 내리며, 나는 한 노신사를 떠올렸습니다. 지금은 죽 었지만 한때 주교였을 그는 과거에도 현재에도 또 미 래에도 여성 가운데 셰익스피어 같은 천재가 나올 가 능성은 없다고 공언한 바 있습니다. 같은 내용을 신문 에 기고하기도 했지요. 또 자신에게 답을 청하는 어떤 부인에게 고양이는 사실 천국에 가지 않는다고도 말했 고요. 고양이도 영혼이 있긴 하다고 덧붙이면서요. 이 런 노신사들 덕분에 우리가 생각할 거리를 얼마나 덜 고 사는지요! 그들이 접근하면 무지의 경계는 움찔하 며 뒤로 물러서지요! 고양이는 천국에 가지 못한답니 다. 여성은 셰익스피어의 희곡을 쓸 수 없고요.

그럼에도 서가에 꽂힌 셰익스피어의 작품들을 바라 보며 나는 최소한 이 한 가지만큼은 주교의 말이 옳았 다고 생각할 수밖에 없었습니다. 어떤 여성이든 셰익 스피어의 시대에 셰익스피어의 희곡 같은 작품을 쓰기란 완전히 그리고 전적으로 불가능하다는 사실입니다. 사실 정보를 구하기 어려우니 상상을 해봅시다. 셰익스피어에게 재능이 뛰어난 누이가, 그러니까 주디스라는 누이가 있었다면 어떻게 됐을까요. 셰익스피어 자신은 중등학교에 다녔을 게 확실합니다. 그의 어머니가 상당한 재산을 상속받았거든요. 오비디우스와 베르길리우스, 호라티우스 등을 배우며 라틴어를 익혔을 것이고, 문법의 원리와 논리학을 공부했을 겁니다. 익히 알려져 있다시피 장난기 많은 소년이 되어 토끼를 잡고 사슴도 사냥했을 것이며, 다소 이른 나이에 한동네에 살던 여자와 결혼해 아직 너무 어릴 때 아이도 생겼고요. 이처럼 무모하게 저지른 일 때문에 그는 재산을 모으기 위해 런던으로 갔습니다. 셰익스피어는 연극에 취미가 있었던 것 같습니다. 극장 입구에서 말을 지키는 일부터 시작했지요. 이내 극장 안에서 하는 일거리를 얻었고, 배우로 성공하여 세상의 중심에서 살았습니다. 모든 사람을 만나고 모든 사람과 알고 지냈으며 자신의 작품을 연극으로 공연하고 거리에서는 재치를 발휘했지요. 여왕이 사는 궁에도 들어갈 수 있었습니다.

　그동안 비범한 재능을 지닌 셰익스피어의 누이는 집에 남아 있었다고 해봅시다. 누이는 셰익스피어만큼 모험심이 강하고 상상력이 풍부했으며 세상을 더 알고 싶은 열망에 들떠 있었지요. 하지만 학교에는 가지 못했습니다. 문법과 논리학을 배울 기회도 없었으니, 호라티우스와 베르길리우스의 글은 말할 것도 없겠지요. 때때로 아마도 오빠의 책을 집어 들고 몇 쪽씩 읽었을 겁니다. 그러면 부모님이 들어와 양말을 꿰매거나 스튜가 끓는지 지켜보라며, 책이나 신문 따위를 붙잡고 멍하니 시간을 보내지 말라고 말합니다. 부모님은 따끔하지만 다정하게 말했을 겁니다. 여성에게 주어지는 삶의 조건이 어떤 것인지 잘 아는 현실적인 분들이었고, 또 딸을 사랑했기 때문이지요. 사실 그녀는 아버지의 눈에 넣어도 아프지 않은 존재였을 겁니다. 아마 그녀는 사과를 저장해둔 다락방에 올라가 몰래 몇 장씩 글을 써보고 그것을 조심스레 숨기거나 불태워버렸을 것입니다. 하지만 스무 살이 되기도 전에 이웃에 사는 양모 중개상의 아들과 약혼을 하게 되었습니다. 그녀는 결혼이 너무 싫다고 울부짖었고, 그 때문에 아버지에게 심하게 맞았습니다. 아버지는 꾸중하다가 태도를 바꿔서는 자신을 속상하게 하지 말라고, 이 결혼 문제로 자신을 부끄럽게 만들지 말라고 간절히 청했습니다. 그리고 그녀에게 구슬 목걸이와 예쁜 페티코트를 사주겠노라고 말했습니다. 눈에는 눈물이 맺혀 있었지요. 그녀가 어떻게 아버지의 말을 거역할 수 있겠습니까? 어떻게 아버지의 마음을 아프게 할 수 있을까요? 그녀를 그렇게 몰아간 것은 오직 재능이었습니다. 그녀는 소지품을 챙겨 작은 짐을 꾸리고 어느 여름밤 밧줄을 타고 내려와 런던으로 떠났습니다. 그녀는 열일곱 살이 아니었습니다. 산울타리에서 노래하는 새들도 그녀의 음악적 재능에는 미치지 못했을 테지요. 그녀는 오빠처럼 말의 음률에 관심이 많고 재능도 있었지요. 오빠처럼 연극에 취미가 있었고요. 그녀는 극장 문 앞에 서서 연기를 하고 싶다고 말했습니다. 남자들은 그녀의 면전에서 웃음을 터뜨렸지요. 뚱뚱하고 입이 싸 보이는 극장 지배인은 더 큰 소리로 껄껄거렸습니다. 푸들이 춤을 추는 것과 여성이 연기를 하는 것에 대해 무슨 말인가를 크게 떠들어대더니, 여자는 절대 배우가 될 수 없다고 말했지요. 그가 넌지시 무슨 속내를 내비쳤는데, 여러분도 그게 뭔지 상상이 갈 겁니다. 그녀는 재능이 있었지만 훈련을 받을 수 없었습니다. 선술집에서 저녁을 먹거나 한밤중에 거리를 돌아다닐 수 있었을까요? 그러나 그녀의 탁월한 재능은 소설을 향해 있었고, 여성과 남성의 삶과 그들이 사는 방식을 풍부하게 보고 관찰하고자 하는 욕구가 넘쳤지요. 마침내 아주 젊고 묘하게도 시인 셰익스피어와 얼굴이 닮았으며, 똑같은 잿빛 눈동자에 둥근 이마를 가진 그녀에게 배우이자 극단 책임자인 닉 그린이 동정심을 느꼈습니다. 그녀는 그 신사의 아이를 임신한 사실을 알게 되었고(시인의 심장이 여성의 몸 안에 갇혀 엉켜버렸을 때 그것이 뿜어낼 울화와 격정을 어느 누가 재어볼 수 있을까요), 그렇게 어느 겨울밤에 목숨을 끊어 지금은 엘리펀트 앤드 캐슬 역 맞은편의 버스 정류장이 된 교차로 어딘가에 묻혀 있습니다.

만약 셰익스피어 시대에 셰익스피어와 같은 재능을 가진 여성이 있었다면, 이야기는 대략 이렇게 전개될 겁니다. 하지만 나로서는 고인이 된 주교(그가 정말 주교였다면 말이지요)의 말에 동감합니다. 셰익스피어 시대에 그 사람이 누구든 여성이 셰익스피어와 같은 재능을 갖는다는 건 상상도 할 수 없는 일이지요. 셰익스피어의 재능과 같은 천재성은 교육받지 못하고 노동하며 비천하게 사는 사람들 사이에서는 나올 수 없습니다. 영국의 색슨족이나 브리튼족 사이에서도 나올 수 없었지요. 그런 천재성은 오늘날 노동 계급 사이에서도 태어날 수 없습니다. 하물며 여성들 가운데 그런 천재가 나올 수 있었겠습니까? 트리벨리언 교수의 말을 빌자면, 여성은 아이 방을 벗어나기도 전부터 집안일을 시작하고, 부모가 그것을 강요하며 법과 관습이 온 힘을 다해 짓누르고 있는데? 하지만 그런 재능을 가진 사람이 노동 계급에 존재했던 것처럼 여성 중에도 분명 존재했습니다. 이따금 에밀리 브론테나 로버트 번스 같은 소설가와 시인들이 불꽃처럼 타오르며 그 존재를 증명합니다. 그러나 확실히 그 재능은 글로 옮겨지지 않았습니다. 하지만 사람을 피해 숨는 마녀, 악마에 사로잡힌 여자, 약초를 파는 똑똑한 여자, 심지어는

97

어머니 밑에서 비범하게 성장한 남자의 이야기를 읽을 때면 나는 잃어버린 소설가, 억압당한 시인의 자취를 보는 듯한 생각이 듭니다. 자신의 지성을 황무지에 내팽개치거나 재능을 고문처럼 떠안고 정신이 나가 얼굴을 일그러뜨린 채 도로 근처를 떠도는 말도 없고 명예도 없는 또 다른 제인 오스틴과 에밀리 브론테들의 흔적이 보이니까요. 실제로 나는 이름을 남기지 않고 수많은 시를 썼던 익명의 작가들 가운데 상당수가 여자였을 거라고 감히 추측해봅니다. 에드워드 피츠제럴드*는 발라드나 민요를 만들어 아이들에게 나지막이 불러주고, 노래를 부르며 실을 잣거나 긴 겨울밤을 달래던 사람들이 여자들이었다고 언급하기도 했지요.

그 말은 진실일 수도, 그렇지 않을 수도 있습니다. 누가 알 수 있겠습니까? 하지만 내가 지어낸 셰익스피어의 누이 이야기를 살펴보면 그런 생각이 듭니다. 그 안에 진실이 있다면, 그것은 16세기에 누구든 위대한 재능을 갖고 태어난 여성은 분명 미쳐 날뛰다가 자신에

* 19세기 영국의 시인이자 번역가다.

98

게 총을 겨누었거나, 마을 변두리에 외따로 떨어진 작은 시골집에 절반은 마녀로, 절반은 요술쟁이로 두려움과 조롱의 대상이 되어 생을 마감했으리라는 것입니다. 탁월한 재능을 가진 소녀가 자신의 재능으로 시를 쓰려고 시도하다 좌절감을 느꼈을 테고 다른 사람들이 그녀를 방해했을 겁니다. 그리하여 고통받고 서로 대립되는 충동으로 갈가리 찢겨 건강을 잃고 온전한 정신도 잃었을 거라고, 심리학에 별다른 지식이 없어도 확신할 수 있기 때문입니다. 어떤 소녀라도 런던까지 걸어가 극장 문 앞을 서성대며 배우이자 극단 책임자가 있는 곳을 침범해 들어가면 자기 자신에게 폭력을 행사하고 비논리적이지만(순결이란 어쩌면 특정한 사회가 알 수 없는 이유로 고안해낸 집착의 결과물일 테니까요) 피할 수 없는 고난을 떠안을 수밖에 없었지요. 지금도 그렇지만 순결은 당시에도 여성의 삶에 종교만큼 중요한 것이었습니다. 그만큼 순결은 여성의 신경과 본능을 사방으로 둘러싸고 있기에 그것을 뚝 잘라내어 밝은 대낮에 드러내는 일에는 더없이 비상한 용기가 요구됩니다. 16세기 런던에서 자유로운 삶을 산다는 건,

시인이나 극작가인 여성에게는 죽음으로 내몰릴 만큼 불안한 압박이자 딜레마였을 것입니다. 살아남는다 하더라도, 그녀가 쓴 글은 억지스럽고 병적인 상상력에서 나온 것으로 왜곡되고 기형적인 모습이었을 겁니다. 나는 여성이 쓴 희곡이 한 권도 꽂혀 있지 않은 서가를 바라보며 생각했습니다. 틀림없이 그녀의 작품은 작가의 서명 없이 어딘가에 묻혀 있을 거라고요. 그녀는 분명 그런 도피처를 찾았을 겁니다. 순결 관념이라는 유물은 최근 19세기까지도 여성에게 익명성을 요구했습니다. 커러 벨*, 조지 엘리엇, 조르주 상드, 그들의 작품이 증명하듯 내적 투쟁의 희생자들이던 이들은 남성의 이름 뒤로 헛되이 자신을 감추려 했습니다. 그렇게 그들은 남성이 주입한 것이 아니라 해도 적극 장려했던(여성이 누릴 수 있는 최고의 명예는 사람들 입에 오르내리지 않는 것이라고 페리클레스가 말했지요. 그 자신은 사람들 입에 수없이 오르내렸지만요) 그 관습, 즉 여성이 이름을 널리 알리는 것은 꼴사나운 일이라는 관습

---

* 샬럿 브론테의 필명이다.

에 충성을 맹세했지요. 익명성은 그들의 혈관을 타고 흐르고 있습니다. 베일로 얼굴을 가리고자 하는 욕구가 아직도 여성을 사로잡고 있지요. 여성은 아직도 남자들만큼 건전한 명성에 관심이 없고, 또 대체로 묘비나 이정표를 지날 때도 거기에 이름을 새겨넣고 싶은 욕구가 별로 없습니다. 앨프나 버트, 체스 같은 남성들은 본능에 따라 그렇게 할 겁니다. 멋있는 여성이 지나가거나 개 한 마리를 보더라도 "저 개는 내 거야"라고 중얼거리는 게 그들의 본능이니까요. 물론 개 한 마리만 그런 게 아닐 거라고, 나는 의회 광장과 지게스알레* 그리고 다른 거리들을 떠올리며 생각했습니다. 땅 한 조각이나 검은 곱슬머리 남자일 수도 있다고요. 무척 매력적인 흑인 여자를 보고서도 그 여자를 영국인으로 만들고 싶다는 생각 없이 지나칠 수 있는 건 여성이 누릴 수 있는 커다란 이점 중 하나지요.

그렇기에 16세기에 시인의 재능을 갖고 태어난 여성은 자신과의 투쟁을 벌여야 하는 불행한 여성이었습니

---

* '승리의 거리'라는 뜻으로 독일 베를린에 있다.

다. 삶의 모든 조건이 그녀 자신의 본능이 머릿속에 떠오른 그 무엇이든 자유롭게 풀어놓아야 하는 심적 상태에 적대적이었습니다. 그런데 창조적인 활동에 가장 알맞은 심적 상태란 무엇일까요? 나는 물었습니다. 그런 낯선 활동을 가능하게 하고 촉진하는 심적 상태에 대한 개념을 얻을 수 있을까요? 여기서 나는 셰익스피어의 비극들을 실은 책을 펼쳤습니다. 예컨대《리어왕》과《안토니우스와 클레오파트라》를 쓸 때 셰익스피어의 심적 상태는 어떤 것이었을까요? 분명 그것은 지금까지 한 번도 존재해본 적 없는 시를 쓰기에 더없이 적절한 심적 상태였을 것입니다. 하지만 셰익스피어 자신은 그에 대해 한마디도 하지 않았지요. 우리는 다만 그가 "결코 한 줄도 지우지 않았다"라는 사실만 우연히 알고 있을 뿐입니다. 예술가가 자신의 심적 상태를 조금이라도 언급한 것은 18세기 이후 일입니다. 처음 시작은 아마 루소였을 겁니다. 어쨌든 19세기 무렵 자의식이 상당히 발달하여 문인들이 고백록이나 자서전에 자신의 마음을 묘사하는 것이 관행이 되었지요. 그들의 생애가 기록되고 사후에는 서간도 책으로 엮였습니다. 그렇게 우리는 셰익스피어가 《리어왕》을 쓸 때 어떤 심적 상태였는지 모르지만, 칼라일*이 《프랑스 혁명》을 쓸 때 어떤 심적 상태였는지, 플로베르**가 《보바리 부인》을 쓸 때 어떤 심정이었는지, 키츠***가 다가오는 죽음과 무관심한 세상과 싸우며 시를 쓸 때 어떤 마음이었는지 알고 있습니다.

그리고 수많은 현대 문학 속에 드러난 고백과 자기 분석을 볼 때, 천재적 작품을 쓴다는 것은 거의 언제나 놀라운 역경을 이겨낸 위업이라는 사실을 알 수 있지요. 모든 상황이 천재적 작품들이 작가의 마음속에서 완전하고 온전한 모습으로 나올 수 있는 가능성을 가로막습니다. 대개 물리적 환경이 방해가 되지요. 개들이 짖을 것이고 사람들은 훼방을 놓을 것입니다. 돈도 벌어야 하고 건강은 나빠질 겁니다. 나아가 이 모든 역경을 한층 심각하고 견디기 힘들게 만드는 것이 세상의 고약한 무관심입니다. 세상은 사람들에게 시와 소

---

* 영국의 철학자이자 역사가다.

** 프랑스의 소설가다.

*** 영국의 시인이다.

설을 쓰고 역사를 기록하라고 부탁하지도 않고, 그런 것들을 필요로 하지도 않습니다. 세상은 플로베르가 정확한 단어를 찾아냈는지, 칼라일이 이런저런 사실을 세심하게 확인했는지 신경 쓰지 않습니다. 낭연히 바라지도 않은 일들에 대가를 지불해주지도 않지요. 그렇게 키츠와 플로베르와 칼라일 같은 작가들은 특히 창조력이 왕성한 젊은 시절에 온갖 형태의 방해를 경험하고 좌절을 겪습니다. 저주의 목소리, 극도의 고통에 내몰려 울부짖는 소리가 자기 분석과 고백을 담은 책들에서 솟아올라옵니다. "비참한 죽음을 맞은 위대한 시인들."* 이것이 그들이 부르는 노래에 반복되는 후렴구입니다. 이 모든 고난 속에서도 무언가 나오는 게 있다면 그것은 곧 기적이며, 처음 구상처럼 완전하고 온전하게 태어나는 책은 아마 이 세상에 없을 겁니다.

하지만 여성에게 이러한 역경은 한없이 끔찍하다고, 텅 빈 서가를 바라보며 생각했습니다. 우선 조용한 방이나 방음이 잘되는 방은 차치하고라도, 여성이 자

---

* 윌리엄 위즈워스의 시 〈결의와 독립〉 중 한 구절이다.

기 혼자 쓰는 방을 갖는다는 것은 부모님이 대단한 부자이거나 지체 높은 귀족이 아니라면 불가능한 일입니다. 19세기가 시작될 무렵까지도 마찬가지였습니다. 아버지가 선심 쓰듯 주는 용돈은 필요한 옷을 사 입을 정도밖에 되지 않았기 때문에, 키츠나 테니슨, 칼라일처럼 가난한 남성들조차 모두 누릴 수 있었던 도보 여행이나 짧은 프랑스 여행, 보잘것없을지언정 가족의 요구와 횡포로부터 몸을 피할 수 있는 독립된 숙소 같은 고통을 달랠 수 있는 길들이 가로막혀 있었습니다. 그러한 물질적 어려움도 막심했지만, 그보다 더 가혹한 것은 비물질적 시련이었습니다. 키츠와 플로베르같이 천재적인 남성도 그토록 견디기 어려웠던 세상의 무관심이 여성의 경우에는 무관심이 아니라 적대감이었습니다. 여성에게 세상은 남자들에게 하듯이 "네가 원한다면 글을 써라. 나는 아무 상관도 없다"라고 말하지 않았습니다. 세상은 요란하게 웃어대며 "글을 쓴다고? 네가 글을 써봐야 무슨 소용이 있겠어?"라고 말했지요. 이럴 때 뉴넘과 거턴의 심리학자들이 우리를 도와주러 와야 한다고 나는 다시 한번 선반 위 빈 공간을 바라보며 생각했습니다. 이제 좌절감이 예술가의 마음에 미치는 영향을 평가해봐야 할 때니까요. 나는 유제품 회사에서 보통 우유와 1등급 우유가 쥐의 몸에 미치는 영향을 측정한 실험을 본 적이 있습니다. 쥐 두 마리가 든 우리를 나란히 놓았는데, 그중 한 마리는 눈치를 보며 소심하게 행동했고 몸도 작았습니다. 다른 한 마리는 털에 윤기가 흘렀고 대담하게 행동하며 몸집도 컸습니다. 그렇다면 우리는 여성 예술가에게 어떤 음식을 먹였을까? 나는 말린 자두와 커스터드 크림이 나왔던 저녁 만찬을 떠올리며 물었습니다. 이 질문에 답하려면 석간신문을 펼쳐들고 버컨헤드 경의 견해를 읽어보기만 하면 되었지요. 하지만 여성의 글쓰기에 대한 버컨헤드 경의 견해를 굳이 옮겨 적지는 않을 것입니다. 잉 주임 사제가 말한 내용도 건드리지 않겠습니다. 할리 가*의 전문의가 목청 높여 부르짖는 소리에 거리 전체가 메아리쳐도 나의 머리카락 한 올 쭈뼛하게 하지 못할 것입니다. 하지만 오스카 브라우닝 씨는

---

* 런던 중심부의 개인 병원이 밀집한 거리다.

106

인용하려고 합니다. 오스카 브라우닝 씨는 일찍이 케임브리지대학에서 저명한 인사였고, 거턴과 뉴넘 학생들의 시험을 감독하기도 했으니까요. 오스카 브라우닝 씨는 이렇게 말하곤 했습니다. "시험지를 훑어본 뒤 드는 생각은, 점수와는 상관없이 가장 뛰어난 여자도 가장 열등한 남자보다 지적인 면에서 떨어진다는 것이다." 그렇게 말하고 브라우닝 씨는 자신의 방으로 돌아갔습니다. 그리고 그 뒷이야기에서 그는 사람들의 환심을 사는 동시에 어떤 커다란 위엄을 지닌 인간상으로서의 면모를 보여줍니다. 그는 방으로 돌아가 마구간에서 일하는 소년이 소파에 누워 있는 것을 보게 되었습니다. "해골처럼 비쩍 말라서 뺨은 누르스름하니 움푹 들어가고, 치아는 시커먼 데다 팔다리를 제대로 쓰지 못하는 것 같았다. 브라우닝 씨가 말했다. '아더로군. 사랑스럽기 그지없고 마음은 지극히 고결하지.'" 이 두 그림은 항상 서로를 완벽하게 만들어주는 것 같습니다. 이렇듯 전기가 쏟아져나오는 시대에 두 그림은 서로를 보완해주기 때문에, 우리가 위인의 견해를 해석할 때 그들의 말뿐 아니라 행동까지 참작할 수 있게 된 것이지요.

그러나 오늘날에는 이런 해석이 가능하다 하더라도, 50년 전만 해도 중요한 인물들의 입에서 흘러나온 그러한 견해는 틀림없이 무시무시했을 것입니다. 지극히 숭고한 동기에서 한 아버지가 딸이 집을 떠나 작가나 화가 또는 학자가 되기를 바라지 않는다고 해봅시다. 아버지는 "오스카 브라우닝 씨가 뭐라고 하는지 보거라"라고 말할 테지요. 오스카 브라우닝 씨만 있었던 것도 아닙니다. 《새터데이 리뷰》도 있었고 그레그 씨도 있었습니다. 그레그 씨는 "여성 존재의 본질은 남성의 부양을 받고, 남성을 시중드는 데 있다"라고 역설했지요. 지적인 면에서 여성에게 기대할 것은 아무것도 없다는 취지가 담긴 남성의 견해는 수두룩하게 많습니다. 아버지가 큰 소리로 읽어주지 않더라도 여자아이이라면 누구나 그런 견해를 직접 읽을 수 있었습니다. 19세기에 들어서도 그런 글은 여자아이의 의욕을 앗아가고 그들이 쓰는 글에도 심대한 영향을 미쳤을 것입니다. 항의하고 이겨내야 할 주장(이것은 하면 안 된다. 저것은 할 실력이 안 된다)은 언제나 존재했을 겁니다. 아마도 소설가에게 이런 병균은 더는 영향을 미치지 못하는 것 같습니다. 훌륭한 여성 소설가들이 있었던 것을 보면 말이지요. 그러나 이 병균은 화가들에게는 여전히 얼얼한 침을 품고 있고, 음악가들에게는 지금도 왕성하게 활동하며 치명적인 독을 지니고 있다는 생각이 듭니다. 오늘날 여성 작곡가는 셰익스피어 시대에 여배우가 서 있던 자리에 있습니다. 나는 내가 꾸며낸 셰익스피어의 누이 이야기를 떠올리면서 닉 그린을 생각했습니다. 닉 그린은 여자가 연기하는 모습을 보면 개가 춤추는 모습이 생각난다고 말했지요. 존슨은 200년이 흐른 뒤 여자가 설교하는 데 대해 같은 표현을 반복했습니다. 그리고 여기서 나는 음악에 대해 서술한 책을 펼치며 말했습니다. 1928년 현재 작곡을 하고자 하는 여성에 대해서도 똑같은 표현이 되풀이되고 있다고 말입니다. "제르맹 타유페르* 양에 대해서는 여성 설교자에 대한 존슨 박사의 금언을 음악 용어로 바꿔서 반복하기만 하면 된다. '선생님, 여성이 작곡하

---

* 프랑스 6인조 작곡가 중 한 명이다.

는 것은 개가 뒷발로 걷는 것과 비슷합니다. 잘하지는 못하지만 어쨌든 한다는 사실 자체가 놀라운 것이지요.'"* 이처럼 역사는 정확히 반복됩니다.

그리하여 나는 오스카 브라우닝 씨의 전기를 덮고 나머지 책들을 밀쳐두면서, 19세기에도 여성은 예술가가 되도록 장려받지 못했다는 게 분명하다는 결론을 내렸습니다. 그와는 반대로 여성은 모욕당하고 매를 맞았으며 설교와 타이르는 소리를 들어야 했습니다. 이런 일에 반대하고 저런 주장을 논박해야 할 필요 때문에 여성은 마음 졸이고 활기를 잃을 수밖에 없었을 것입니다. 여기서 다시 우리는 흥미로우나 이해하기 쉽지 않은 남성의 콤플렉스라는 영역 안으로 들어갑니다. 이 콤플렉스는 여성 활동에 매우 큰 영향을 미쳤지요. 여성이 열등하다기보다 남성이 우월하기를 바라는 마음 깊이 자리 잡은 욕망이 바로 그것입니다. 이러한 욕망은 어디든 눈에 띄는 곳마다 남성을 세워둡니다. 예술의 앞자리뿐 아니라 정치로 들어가는 길목

---

* 세실 그레이, 《현대 음악의 고찰(A Survey of Contemporary Music)》, 246쪽(원주)

까지 막습니다. 남성 자신에게 가해지는 위험이 극히 미미한 경우조차 그리고 겸손하게 몸을 낮추고 마음을 다해 간원할 때조차 그렇지요. 심지어 정치에 대한 열정이 대단했던 베스버러 부인조차 공손하게 고개를 숙이고 그랜빌 레버슨 가워 경*에게 다음과 같은 편지를 써야 했습니다. "……비록 내가 정치 운동에 격렬한 태도를 보이며 그 주제로 많은 이야기를 하고는 있지만, 여성은 (요청을 받을 경우) 자신의 의견을 밝히는 것 이상으로 정치나 여타의 진지한 사안들에 관여할 권리가 없다는 경의 견해에 전적으로 동의합니다." 그래서 베스버러 부인은 아무런 장애도 존재하지 않는 곳, 즉 그랜빌 경의 첫 하원 연설이라는 엄청나게 중요한 주제에 자신의 열정을 쏟게 됩니다. 확실히 참 이상한 광경이라고 나는 생각했지요. 여성 해방에 맞선 남성들의 저항의 역사는 어쩌면 여성 해방 그 자체의 역사보다 더 흥미로운 듯합니다. 거턴이나 뉴넘의 젊은 학생이 그 사례를 모아 어떤 이론을 추론해낸다면 재미있

---

* 영국의 정치가로 자유당 당수로 활동했다.

는 책 한 권이 만들어질지도 모르겠습니다. 하지만 그 학생은 자신의 보물을 지키려면 양손에 두꺼운 장갑을 끼고 막대기를 들어야 할 것입니다.

베스버러 부인의 책을 덮으며, 지금은 재미있다고 여기는 것들을 한때는 절망적이고 간절하게 받아들여야만 했다는 사실을 상기했습니다. 지금은 수탉이 우는 소리라는 꼬리표를 달아 책에 붙여놓고 여름밤에 특별한 청중에게 읽어줄 요량으로 갖고 있던 견해들이 한때는 눈물을 자아내는 것들이었다고 여러분께 장담할 수 있습니다. 여러분의 할머니와 증조할머니 가운데는 가슴이 미어지게 울었던 분도 많았을 겁니다. 플로렌스 나이팅게일도 몹시 괴로워하며 비명을 질렀지요.* 대학에 들어왔고 자기만의 거실(아니면 그냥 침실 겸 거실인가요?)을 가진 여러분이 천재라면 그런 견해를 무시해야 한다고 말하는 것도 아주 그럴듯해 보입니다. 천재는 그런 식의 언급 따위에는 초연해야 한다고 말이지요. 하지만 안타깝게도 그런 식으로 언급되기를 가장 꺼려하는 사람들이 바로 천재적인 남자나 여자입니다. 키츠를 생각해보세요. 키츠가 자신의 묘비에 어떤 문구를 새겼는지 상기해보세요.* 테니슨을 보세요. 하지만 부정할 수 없는 사실들을 계속 예시할 필요는 없겠지요. 자기 자신에 대한 언급에 지나치게 신경을 쓰는 것이 예술가의 본성이라는 점은 부정할 수 없지만 무척 다행스런 사실이기도 하지요. 문학은 타인의 견해를 비이성적이라 할 만큼 신경 쓴 사람들이 부서져 남은 잔해와 함께 흩뿌려져 있습니다.

그리고 이들이 지닌 이런 감수성은 두 배로 불운한 일입니다. 창조적인 작업을 할 때 가장 좋은 마음 상태가 어떤 것인지를 찾던 본래의 물음으로 돌아가며 그런 생각이 들었습니다. 예술가의 마음이란, 그 안에 품고 있던 작품을 완전하고 온전한 모습으로 풀어내는 엄청난 결실을 이루어내려면 눈부신 빛으로 타올라야 하니까요. 셰익스피어의 마음처럼 그래야 할 거라고, 내 앞에 펼쳐진 《안토니우스와 클레오파트라》를 보며 추측해보았지요. 예술가의 마음에는 어떠한 장애도 없

---

* 키츠의 묘비에 적힌 문구는 다음과 같다. "이 묘에는 젊은 시인의 유해가 묻혀 있다. 죽음의 자리에서 고국 사람들의 무심함에 극도로 고뇌하던 그는 묘비에 이런 말이 새겨지기를 원했다. '여기 물 위에 이름을 새긴 사람이 잠들다.'"

어야 하고, 불태울 수 없는 그 어떤 이물질도 있어서는 안 됩니다.

우리는 셰익스피어의 마음 상태를 전혀 알지 못한다고 말하지만, 그런 말을 하는 순간 우리는 셰익스피어의 마음 상태에 관한 어떤 부분을 이야기하는 것입니다. 던*이나 벤 존슨 또는 밀턴에 비해 셰익스피어에 대해 거의 알려진 게 없는 이유는 어쩌면 그가 원한과 앙심과 반감을 보이지 않게 감춰놓았기 때문일 것입니다. 셰익스피어를 연상케 하는 '드러난 사실' 같은 것이 우리 앞에 걸리적거리는 일은 없습니다. 항의하고 설교하며 상처를 분명히 드러내 보이고자 하는 욕구, 복수하고 싶고 세상을 어떤 고난과 불만의 목격자로 삼고 싶은 욕구는 모두 그 안에서 불타올라 사라졌습니다. 그리하여 그의 시는 방해받지 않고 자유로이 흘러나옵니다. 만일 자신의 작품을 온전하게 표현해낸 사람이 존재했다면, 그가 바로 셰익스피어였습니다. 나는 다시 서가를 돌아보며 생각했습니다. 만일 방해받

---

* 영국의 시인이자 신학자다.

지 않고 눈부시게 불타오르는 마음이 있었다면, 그것
이 바로 셰익스피어의 마음이었다고 말입니다.

4

    16세기에 그런 마음 상태를 가진 여성을 찾는다는 것은 확실히 불가능했습니다. 엘리자베스 여왕 시대의 묘비 앞에 아이들이 무릎을 꿇고 앉아 두 손을 모으고 있는 모습만 생각해보면 됩니다. 또 여성들이 젊은 나이에 죽었다는 사실과 여성들이 살았던 비좁고 어두컴컴한 방을 생각해보면, 그 당시에는 어떤 여성도 시를 쓸 수 없었으리라는 것을 깨닫게 됩니다. 다소 시간이 흐른 뒤에 어느 귀부인이 비교적 자유롭고 편안한 생활을 이용하여 괴물로 비추어질 위험을 무릅쓰고 자신의 이름을 내세워 무언가를 출판할 거라는 기대는

할 수 있겠지요. 물론 남자는 속물이 아니라고, 나는 레베카 웨스트 양의 "골수 페미니즘"처럼 들리지 않도록 조심스럽게 생각을 이어갔습니다. 남자들은 대부분 시를 쓰는 백작 부인의 노력에 지지를 보내며 높이 평가합니다. 작위를 가진 부인이 그 당시 무명이던 오스틴 양이나 브론테 양보다 훨씬 더 많은 격려를 받았으리라고 짐작할 수 있습니다. 그러나 귀부인이라 해도 두려움과 증오 같은 생경한 감정에 혼란스러워하고 자신의 시에 그 어지러운 자취를 내보였을 거라는 짐작도 할 수 있습니다. 예를 들면 윈칠시 부인*이 그런 경우라고 나는 그녀의 시집을 꺼내며 생각했습니다. 윈칠시 부인은 1661년에 태어났습니다. 귀족 가문에서 태어나 귀족과 결혼했지만 자식은 없었고 시를 썼습니다. 그 시를 펼쳐보기만 해도 그 안에서 그녀가 여성으로서의 지위에 대해 분개심을 폭발시키고 있다는 사실을 알 수 있습니다.

---

* 영국의 여성 시인으로 시선집을 발간했다.

우리는 얼마나 추락했는가! 잘못된 규칙으로 추락
하고
바보로 태어난 것이 아니라 바보로 길러졌다네
모든 진보하는 지성으로부터 배제된 채
우둔하도록 예정되고 만들어졌다네

누군가 남을 앞질러 날아올라
더 뜨거운 상상력과 포부를 펼치려 하면
강력한 반대파가 어김없이 나타나니
성공을 향한 희망은 그 두려움을 이기지 못하네

　확실히 윈칠시 부인의 마음은 결코 "모든 장애물을
불태우며 눈부시게 빛나지" 않았습니다. 그와 반대로
증오와 불만에 시달리며 어지러운 상태였지요. 윈칠시
부인에게 인류는 두 당파로 나뉘어 있습니다. 남성들
은 "반대파"지요. 남성은 증오와 두려움의 대상이었습
니다. 남성에게는 여성이 하고자 하는 일, 즉 글쓰기를
가로막을 권력이 있었기 때문입니다.

슬프도다! 펜을 드는 여성은

주제넘은 동물로 간주되어

그 잘못은 어떤 선행으로도 씻을 수 없으니

그들은 말하네. 우리가 우리의 성과 할 일을 착각하

고 있다고

좋은 가정 교육과 유행, 춤, 의상, 유희

이것이 우리가 갈망해야 할 소양이라고

글을 쓰고 읽고 생각하고 질문하는 일은

우리의 아름다움을 바래게 할 뿐 시간 낭비라고

그리고 꽃다운 우리를 정복하는데 방해가 된다고

반면 그들에게 예속된 집을 돌보는 따분한 일이야

말로

우리가 영유하는 최고의 기술이자 능력이라고

실제로 윈칠시 부인은 자신의 글이 결코 출판되지
않을 거라는 가정 아래, 글을 쓰도록 스스로 격려하고
슬픈 노래로 위로해야만 했습니다.

많지 않은 벗들에게, 그대의 슬픔을 향해 노래하라

그대 결코 월계수 숲에 이르지 못하리니
그대의 그늘에 어둠을 더하고 그곳에서 만족하라

그러나 윈칠시 부인이 증오와 두려움에서 벗어나 쓰
디쓴 고통과 분노를 쌓아두지 않았을 때는 분명 내면
의 불길이 더 뜨겁게 타올랐습니다. 이따금 순순한 시
적 언어들이 흘러나왔지요.

빛바랜 비단으로도 만들지 않겠네
어렴풋하게라도 흉내 낼 수 없는 저 장미를

머리 씨*는 마땅히 이 시에 찬사를 보냈고, 포프 씨
는 다른 시들을 기억해내 자신의 시에 도용했던 것 같
습니다.

이제 노란 수선화가 박약한 머리를 사로잡으니
우리는 향기로운 고통 아래 쓰러지네

---

* 당대의 문학 비평가 존 미들턴 머리를 말한다.

이와 같은 시를 쓸 수 있었던 여성이, 자연에 공명하고 마음을 성찰할 수 있었던 여성이, 분노와 쓰라린 고통을 겪을 수밖에 없었다는 것은 실로 안타까운 일입니다. 그러나 그녀가 어떻게 자신을 구할 수 있었을까요? 나는 이렇게 자문하며 조롱과 비웃음, 아첨꾼의 아부, 전문적으로 시를 쓰는 사람들의 미심쩍은 시선 같은 것들을 상상했습니다. 틀림없이 윈칠시 부인은 글을 쓰기 위해 시골 마을의 어느 방 안에 자신을 가두었고, 아마도 쓰라림과 망설임을 느끼며 마음이 갈가리 찢어졌을 것입니다. 남편이 더없이 자상한 사람이었다 해도 그들의 결혼 생활이 완벽했다 해도 말입니다. "틀림없이 그러했을 것"이라고 말하는 이유는 윈칠시 부인에 대한 사실 자료를 찾다보면 흔히 그렇듯이 그녀에 대해 알려진 것이 거의 없다는 사실만 확인되기 때문입니다. 윈칠시 부인은 극심한 우울감에 시달렸습니다. 우울증에 사로잡혔을 때 어떤 상상을 하게 되는지 그녀가 들려주는 이야기가 어느 정도는 설명되는 부분입니다.

나의 시는 비난받고 나의 업은 얕잡히지
쓸모없고 어리석은 짓이거나 주제넘은 잘못이라고

그렇게 비난당한 업이란, 우리가 아는 바로는 들판
을 거닐며 꿈을 꾸는 무해한 일이었습니다.

나의 손은 색다른 것을 쫓을 때 즐거워하고
알려진 평범한 길을 따라가지 않는다네
빛바랜 비단으로도 만들지 않겠네
어렴풋하게라도 흉내 낼 수 없는 저 장미를

윈칠시 부인이 이런 습관이 있고 이런 데서 기쁨을
느꼈다면, 당연히 그녀가 기대할 수 있는 것은 비웃음
뿐이었을 겁니다. 포프나 게이*는 그녀를 "글을 끼적거
리고 싶어 안달 난 블루스타킹"**으로 풍자했다고 합
니다. 윈칠시 부인 또한 게이를 비웃으며 그의 기분을

---

* 시인이자 극작가인 존 게이를 말한다.
** 전통적으로 여자가 하는 일보다 사상과 학문에 더 관심이 많은 여자를
경멸하여 이르는 말이다.

상하게 했던 것으로 추정됩니다. 게이의 《트리비아》가 "그가 의자에 앉기보다는 의자 앞에서 걸어 다니는 데 적합한 사람"임을 보여주는 작품이라고 말했지요. 그러나 이는 모두 "헛소문"이고 "흥미로운 이야기도 아니다"라고 머리 씨는 말합니다. 하지만 나는 그의 말에 동의하지 않습니다. 그런 헛소문이라도 좀 더 많이 있었다면 좋았을 테니까요. 들판을 거닐며 색다른 생각에 빠지는 것을 사랑했고, 어리석고 무분별하게도 "예속된 집을 돌보는 따분한 일"을 경멸했던 이 우울한 부인에 대해 어떤 심상을 찾아내거나 만들어내기라도 할 수 있게 말이지요. 하지만 머리 씨는 그녀가 집중하지 못했다고 말합니다. 잡초가 그녀의 재능을 온통 뒤덮고 찔레 가지가 그 재능을 동여매 버립니다. 그 재능은 멋지고 뛰어난 모습으로 자신을 드러낼 기회가 없었던 것이지요. 그리고 나는 윈칠시 부인의 책을 제자리에 돌려보내고 또 다른 귀부인의 책을 꺼내들었습니다. 램이 사랑했던 뉴캐슬의 마거릿*은 변덕스럽고 별

---

* 영국의 여성 철학가이며 작가로도 활동했다.

난 공작 부인이었습니다. 윈칠시 부인보다 나이가 많았지만 두 사람은 동시대를 살았지요. 둘은 매우 달랐지만 둘 다 귀족이고 자식이 없었다는 닮은 점이 있습니다. 또 두 사람 모두 최고의 남편과 결혼했다는 사실도 비슷했지요. 두 사람은 똑같이 시에 대한 열정을 불태우다 똑같은 이유로 망가지고 불구가 됩니다. 공작 부인의 책을 펼치면 여기서도 똑같이 폭발하는 분노를 읽을 수 있습니다. "여성은 박쥐나 부엉이처럼 살고, 짐승처럼 일하며, 벌레처럼 죽는다……." 마거릿 역시 시인이 되었을지도 모릅니다. 우리 시대에 이 모든 활동을 했다면 어떤 운명의 바퀴를 돌려놓았을 겁니다. 그렇다면 저 거칠고 풍요롭고 교육받지 못한 지성을 인류에 도움이 되도록 무엇으로 묶어놓고 길들이고 교화할 수 있었을까요? 그러한 지성은 운문과 산문, 시와 철학이라는 급류를 타고 뒤죽박죽 쏟아져나왔습니다. 그 글들은 아무도 읽지 않는 4절판, 2절판 책 속에 응집되었지요. 마거릿의 손에 현미경을 들렸어야 했습니다. 마거릿이 별을 관찰하고 과학적으로 추론하는 법을 배웠다면 좋았을 겁니다. 마거릿의 재기를 변질시킨 것은 고독과 자유였습니다. 그녀를 살펴주는 이는 아무도 없었습니다. 그녀를 가르치는 사람도 없었지요. 교수들은 마거릿의 비위를 맞출 뿐이었습니다. 궁정은 그녀를 조롱했습니다. 에거턴 브리지스 경*은 "왕실에서 자란 높은 신분의 여자가 쓴 글치고는" 조악하다며 못마땅해했습니다. 마거릿은 홀로 웰벡에 틀어박혔습니다.

마거릿 캐번디시를 생각하면 그 얼마나 외롭고 난폭한 광경이 떠오르는지요! 마치 거대한 오이가 정원을 집어삼킬 듯 넝쿨을 뻗어서 장미와 카네이션을 목 졸라 죽이려는 장면을 보는 느낌입니다. "가장 훌륭히 자란 여성은 세상과 가장 잘 어울리는 마음을 지닌 사람이다"라는 글을 썼던 여성이 터무니없는 글이나 끼적이고, 집 밖을 나올 때면 사람들이 마차 주위로 몰려들어 구경할 정도로 은둔과 어리석은 일에 몰두하느라 시간을 허비하였으니, 이것이 얼마나 큰 낭비일까요! 이 미친 공작 부인은 똑똑한 여자아이들을 공포에

---

* 영국의 전기 작가이며 계보학자이다.

떨게 하는 악마가 된 것이 분명했습니다. 나는 공작 부인의 책을 밀쳐놓고 도로시 오즈번의 서한집을 펼치면서, 도로시가 템플에게 쓴 편지에서 공작 부인의 새 책을 언급한 적이 있다는 기억이 떠올랐습니다. "그 불쌍한 부인은 약간 정신 나간 게 분명해요. 그렇지 않고서야 위험을 무릅쓰며 운문으로 책을 쓰려 할 만큼 우스꽝스러운 짓을 하겠어요. 보름 동안 잠을 자지 않는다 해도 나는 저렇게까지 되지는 않을 거예요."

　이처럼 사리 분별 있고 얌전한 여성은 책을 쓰면 안 되었기 때문에, 공작 부인과는 정반대로 기질적으로 감성이 예민하고 음울한 면이 있던 도로시는 아무 글도 쓰지 않았습니다. 편지만 빼놓고요. 모름지기 여성이라면 아버지의 병상을 지키며 편지를 쓸 수 있었지요. 남자들이 대화를 나누는 동안 방해가 되지 않도록 난롯가에서 쓸 수도 있고요. 도로시의 서한집을 넘기다 보니 신기하다는 생각이 들었습니다. 교육을 받아본 적 없는 고독한 소녀가 문장을 구성하고 장면을 빚어내는 재능이 있었거든요. 이어지는 다음 글을 읽어봅시다.

점심 식사를 마친 뒤 우리는 앉아서 이야기를 나누다가 B씨가 무언가를 물어보러 들어왔기에 나는 나왔어요. 뜨거운 낮에는 책을 읽거나 일을 하면서 시간을 보냈고, 6시에서 7시쯤 집 옆에 있는 공터로 나갔어요. 젊은 처자들이 꽤 많이 모여서 양과 젖소를 지키며 나무 그늘 아래 앉아 연가를 부르고 있더군요. 나는 그쪽으로 다가가서 그네들의 목소리와 아름다움을 책에서 읽었던 옛 양치기 소녀들과 비교해보았지요. 다른 점이 무척 많았지만 이 소녀들도 책 속의 소녀들만큼 순수하다고 생각해요. 나는 그 처자들과 대화도 나누었는데, 그네들은 세상에서 가장 행복한 사람이라고 하기에 부족함이 없더군요. 자신들이 그렇다는 걸 모르고 있을 뿐이었지요. 대화가 한창일 때 여자아이 한 명이 주변을 두리번거리더니 자신의 소가 밭에 들어가는 것을 보았어요. 아이들은 마치 발꿈치에 날개라도 돋친 것처럼 우르르 달려갔지요. 나는 그렇게 날렵하지 못해 뒤에 남아 있었고요. 아이들이 가축을 몰고 집으로 돌아가는 모습을 보니 나도 돌아가야 할 시간이라는 생각이 들었어요. 저녁을 먹고 나서는 정원에 나가 그 옆으로 흐르는 작은 개울을 바라보았지요. 그곳에 앉아 있으니 당신도 함께라면 좋겠다는 생각이 들더군요…….

누가 보아도 도로시에게는 작가가 될 소질이 있다고 장담할 것입니다. 하지만 "보름 동안 잠을 자지 않는다 해도 나는 저렇게까지 되지는 않을 것"이라는 글에서 우리는 글 쓰는 여성에 대한 반감이 어느 정도였는지 짐작할 수 있습니다. 하물며 글쓰기에 탁월한 재능을 지닌 여성조차 책을 쓰는 건 우스꽝스러운 일이라고, 심지어 정신 착란 취급을 받는 일이라고 믿었으니까요. 도로시 오즈번이 남긴 단 한 권의 짧은 서한집을 선반 위에 돌려놓으며, 내 생각은 계속 이어져 벤 부인*에 이르렀습니다.

벤 부인에 이르러 우리는 매우 중요한 길모퉁이를 돌게 됩니다. 그들만의 정원에 그들만의 2절판 책과 함

---

* 영국 최초로 글 쓰는 일을 생업으로 삼았던 여성 소설가 에프라 벤을 말한다.

께 자기 자신을 가둔 채, 보는 사람도 비평하는 사람도 하나 없이 오로지 자신의 즐거움을 위해 글을 썼던 저 고독한 귀부인들과 작별을 고하는 것입니다. 우리는 번화가로 나와 거리에서 평범한 사람들과 어깨를 스치며 걷습니다. 벤 부인은 중산층 여성으로 유머와 활력, 용기 같은 서민의 미덕을 두루 갖춘 사람이었습니다. 남편이 죽고 몇 가지 불행한 사건이 겹치면서 자기 재주로 먹고살 수밖에 없는 여성이었지요. 벤 부인은 남성들과 동등하게 일해야 했습니다. 그리고 열심히 일한 덕분에 먹고사는 데 충분할 만큼 돈을 벌었습니다. 그 사실이 지니는 중요성은 벤 부인이 실제로 썼던 어떤 글보다도 귀중합니다. 심지어 〈천 명의 순교자를 만들었네〉나 〈사랑은 찬란한 승리 안에 머물렀네〉처럼 아름다운 작품들보다 더 중요하지요. 여기에서부터 마음의 자유, 아니, 시간이 흐르면서 마음 내키는 대로 자유로이 글을 쓸 수 있는 가능성이 시작되기 때문입니다. 에프라 벤이 먼저 그런 일을 해냈으니, 이제 부모에게 가서 용돈을 주시 않아도 된다고, 내가 글을 써서 벌면 된다고 말할 소녀들도 있겠지요. 물론 앞으로

129

여러 해 동안 돌아올 대답은 "그래, 에프라 벤처럼 살겠다고? 차라리 죽는 게 낫겠다!"일 것이고, 문은 어느 때보다 힘껏 쾅 닫힐 것입니다. 여기서 매우 흥미로운 주제, 즉 남성이 여성의 순결에 부가하는 가치와 그것이 여성의 교육에 미치는 영향이라는 토론 거리를 집어낼 수 있습니다. 거턴이나 뉴넘의 어느 학생이 그 문제에 관심을 두고 이 문제를 파고든다면 흥미로운 책이 나올 수도 있을 것입니다. 각다귀 떼가 득시글거리는 스코틀랜드의 황무지에서 온몸에 다이아몬드를 휘감고 앉아 있는 더들리 부인이 첫 장에 삽화로 들어가면 제격이겠군요. 요전에 더들리 부인이 운명했을 때 《타임스》 기사를 보면, 더들리 경은 "취미가 고상하고 재주가 많은 남자로, 어질고 후하지만 종잡을 수 없이 독재적인 면이 있었다. 그는 아내에게 언제나 정장을 갖춰 입기를 고집했는데, 스코틀랜드 북부 고지에서 가장 외딴 사냥 막사에 갔을 때도 다르지 않았다. 그는 아내에게 화려한 장신구들을 가득 안겨주었다"라고 합니다. 또 "그는 아내에게 모든 것을 주었으나 책임감만은 늘 예외였다." 그러다가 더들리 경이 뇌졸중으로 쓰러지자, 그 뒤로 부인은 남편을 간호하며 탁월한 능력을 발휘하여 그의 재산을 관리했습니다. 이렇듯 종잡을 수 없는 독재는 19세기에도 존재했습니다.

하지만 다시 돌아가 봅시다. 에프라 벤은 상냥한 품성을 희생했는지 모르지만 글을 써서 돈을 벌 수 있다는 사실을 증명했습니다. 그리하여 점차 글쓰기는 단지 어리석거나 정신 착란을 일으켰다는 표식이 아니라 실제 중요성 있는 일이 되었습니다. 남편이 죽을 수도 있고, 어떤 재난이 가정을 덮칠 수도 있습니다. 18세기가 저물 무렵 수백 명의 여성이 자신의 용돈에 보태거나 가족을 책임지기 위해 번역을 하기도 하고 수많은 저급한 소설을 쓰기도 했지요. 이 소설들은 이제 교과서에는 기록되지 않지만 채링크로스 로드*에 가면 4펜스짜리 상자 안에서 골라잡을 수 있답니다. 18세기 후엽 여성들 사이에 겉으로 드러난 왕성한 정신 활동(대화와 모임, 셰익스피어에 대한 수필 쓰기, 고전 번역 등)은 여성이 글쓰기로 돈을 벌 수 있다는 굳건한 사실에 기반을

---

* 영국 런던에 있는 유명한 서점 거리다.

두고 있었습니다. 아무런 대가가 없을 때는 하찮던 일도 돈이 되면 그럴듯하고 중요해 보입니다. "글을 끼적거리고 싶어 안달 난 블루스타킹"이라는 조롱은 여전히 당연한 일이었겠지만, 그들이 돈을 벌어 주머니를 채울 수 있다는 사실은 부정할 수 없었지요. 그렇게 18세기가 끝을 향해 달릴 무렵 변화가 찾아왔습니다. 만일 내가 역사를 다시 쓴다면, 이 변화를 십자군 운동이나 장미 전쟁보다 더 자세하게 서술하고 훨씬 더 중요한 사건으로 다룰 것입니다.

중산층 여성이 글을 쓰기 시작했습니다. 《오만과 편견》이 중요하다면, 그리고 《미들마치》와 《빌레트》, 《폭풍의 언덕》이 중요하다면, 시골 저택에 틀어박혀 자신이 쓴 2절판 책과 아첨꾼들에게 둘러싸인 외로운 귀부인뿐만 아니라 일반 여성이 글을 쓰기 시작했다는 사실은 이 한 시간짜리 강연에서는 미처 다 설명하지 못할 만큼 훨씬 더 중요합니다. 이들 선구자가 없었다면 제인 오스틴과 브론테 자매와 조지 엘리엇은 글을 쓰지 못했을 것입니다. 마찬가지로 셰익스피어에게 말로가 없었다면, 말로에게 초서가 없었다면, 초서에게 그보다 먼저 길을 닦고 자연 상태의 거친 언어를 길들인 잊힌 시인들이 없었다면, 그 누구도 글을 쓰지 못했겠지요. 걸작이란 홀로 외로이 탄생하는 게 아니니까요. 걸작은 여러 해에 걸쳐 수많은 이들이 함께 생각한 결과이고, 그 때문에 하나의 목소리 이면에 집단의 경험이 존재하는 것이지요. 제인 오스틴은 패니 버니에게 화환을 바쳐야 하고, 조지 엘리엇은 아침에 일찍 일어나 그리스어를 배우려고 침대에 종을 매달고 잤던 씩씩한 노부인 엘리자 카터*의 강인한 그림자에 경의를 표했어야 합니다. 거센 논란을 일으켰지만 마땅히 그녀의 자리인 웨스트민스터 사원 안에 안치된 에프라벤의 묘지에, 여성 모두가 꽃을 바쳐야 하지요. 여성들에게 마음을 말할 권리를 가져다준 사람이 바로 그녀이니까요. 비록 그 삶에 그늘이 있고 숱한 염문도 뿌렸지만, 그녀 덕분에 오늘 밤 내가 여러분에게 허황된 소리를 한다는 우려 없이 이렇게 말할 수 있는 것입니다. 여러분의 재기로 1년에 500파운드를 버십시오.*

---

* 18세기 영국의 시인이자 소설가, 고전학자이고, 엘리자베스 몬터규와 함께 여성들의 문학 사교 모임인 '블루스타킹'에서 활약했다.

이제 우리는 19세기 초에 이르렀습니다. 그리고 여기서 나는 처음으로 서가 몇 칸을 온전히 채운 여성의 작품들을 보게 됩니다. 하지만 그 책들을 눈으로 훑으며 묻지 않을 수 없었습니다. 왜 극소수를 제외하면 거의 하나같이 소설뿐일까? 본래 느낀 충동은 시를 향한 것이었는데 말이죠. '시가의 최고 수장'은 여류 시인이었습니다.* 프랑스와 영국 모두 여성 시인이 여성 소설가보다 먼저 등장했지요. 또 유명한 네 사람의 이름을 바라보며 이런 생각도 들었습니다. 조지 엘리엇은 에밀리 브론테와 어떤 공통점이 있을까? 샬럿 브론테는 제인 오스틴을 전혀 이해하지 못한 게 아니던가? 네 명 모두 아이가 없었다는 일말의 연관성을 제외하면, 이들보다 더 어울리지 않는 네 사람이 한 방에 모이기도 어려울 것입니다. 그래서 이 네 명이 만나 주고받는 대화를 꾸며보는 일도 아주 재미있겠지요. 그런데 이들 모두 어떤 알 수 없는 힘에 이끌려 소설을 쓴 것입니다. 나는 자문했습니다. 그들이 중산층 출신이라는

---

* 고대 그리스 여성 시인 사포를 가리킨다.

사실과 관련 있을까? 또 얼마 뒤 에밀리 데이비스* 양이 단적으로 보여준 것처럼, 19세기 초에는 중산층 가정에 거실이 한 개씩밖에 없었다는 사실도 관계가 있지 않을까? 만일 여성이 글을 썼다면 공동 거실에서 써야 했을 겁니다. 그리고 나이팅게일 양이 불만을 터뜨렸듯 "여자는 단 30분도…… 자기만의 시간을 갖지 못하고", 늘 주변의 방해를 받습니다. 그런 곳에서는 시나 희곡을 쓰는 것보다 산문이나 소설을 쓰는 편이 더 쉬웠을 겁니다. 집중력이 덜 필요했으니까요. 제인 오스틴은 생의 마지막 순간까지 그렇게 글을 썼습니다. 그녀의 조카는 회고록에서 이렇게 말했지요. "숙모가 어떻게 이 모든 성과를 이루어냈는지 놀라울 뿐이다. 숙모에게는 찾아갈 만한 독립된 서재가 없었고, 작품 대부분을 공용 거실에서 집필하느라 일상의 온갖 방해를 받아야 했기 때문이다. 숙모는 자신이 하는 일을 하인이나 방문객 등 가족 성원이 아닌 타인이 알지 못하도

---

* 영국의 교육가이자 참정권 운동가이고 케임브리지의 거턴대학 학장이었다.

록 조심했다."* 제인 오스틴은 원고를 숨기거나 압지로
덮어놓았습니다. 19세기 초에 여성이 받은 문학 교육
이라고는 등장인물을 관찰하고 감정을 분석하는 것뿐
이었습니다. 여성의 감수성은 수 세기 동안 공동 거실
안에서 영향을 받으며 습득되었습니다. 사람들이 느끼
는 감정이 여성의 마음에 깊이 새겨졌고, 사적인 인간
관계는 언제나 여성의 눈앞에서 이루어졌습니다. 그리
하여 중산층 여성이 글을 쓰게 되면서 자연스럽게 소
설을 썼습니다. 물론 분명히 드러나 보이듯 여기 언급
된 네 명의 유명한 여성 중 두 사람은 천성적으로 소
설가가 아니었습니다. 에밀리 브론테는 시극을 썼더라
면 좋았을 겁니다. 조지 엘리엇은 그 통 큰 마음에 흘러
넘치는 창조적 충동을 역사나 전기로 펼쳐냈어야 하고
요. 하지만 그들은 소설을 썼습니다. 서가에서《오만과
편견》을 꺼내며 더 나아가 그들이 훌륭한 소설을 썼다
고 말할 수도 있겠다고 생각했습니다. 남성에게 자랑
하거나 고통을 줄 목적이 아니어도《오만과 편견》은 훌

---

* 제인 오스틴의 조카 제임스 에드워드 오스틴 리가 집필한《제인 오스
틴 회고록(Memoir of Jane Austen)》(원주)

륭한 책이라고 말할 수 있겠지요. 어쨌든《오만과 편견》을 쓰다가 그 자리에서 들킨다 해도 부끄러워할 필요가 없었을 겁니다. 그러나 제인 오스틴은 경첩이 삐걱거리는 소리를 반겼습니다. 그 소리를 듣고 누가 들어오기 전에 원고를 감출 수 있었으니까요.《오만과 편견》을 쓸 때 제인 오스틴에게는 부끄럽다는 생각이 있었습니다. 나는 궁금했습니다. 제인 오스틴이 손님을 맞을 때마다 원고를 숨겨야 한다는 생각을 하지 않았다면,《오만과 편견》은 더 나은 소설이 되었을까? 답을 찾기 위해 책을 한두 장 넘겨보았지만, 제인 오스틴이 처했던 환경이 그녀의 작품을 손톱만큼이라도 훼손했다는 흔적은 어디에도 없었습니다. 어쩌면 그것이 이 책에서 가장 놀라운 기적이었는지도 모릅니다. 1800년 무렵 증오나 비통함 없이 두려워하지 않고, 항의하거나 설교하는 일도 없이 글을 쓰는 여성이 여기에 있었습니다. 셰익스피어가 글을 쓸 때의 마음이 그러했다고, 나는《안토니우스와 클레오파트라》를 바라보며 생각했습니다. 사람들이 셰익스피어와 제인 오스틴을 비교할 때, 그것은 두 사람의 마음이 모든 장애물을 불살

랐다는 뜻인지도 모릅니다. 그런 이유에서 우리는 제인 오스틴을 잘 모르고 셰익스피어를 잘 모릅니다. 또 같은 이유에서 제인 오스틴은 그가 쓴 작품의 모든 단어 안에 스며 있고 셰익스피어도 그러합니다. 만약 제인 오스틴이 자신의 환경에서 어떤 고통을 받았다면, 그것은 제한된 삶 때문이었을 겁니다. 여성은 혼자 밖을 돌아다닐 수가 없었습니다. 그녀는 한 번도 여행을 떠난 적이 없었지요. 혼자서는 승합 마차를 타고 런던 시내를 다닌 적도, 식당에 들어가 점심을 먹은 적도 없었습니다. 하지만 자신이 갖지 못한 것은 바라지 않는 것이 제인 오스틴의 성격이었을지도 모르지요. 그녀의 재능과 환경은 서로 완벽하게 조화를 이루었습니다. 하지만 《제인 에어》를 펼쳐서 《오만과 편견》 옆에 내려놓으며, 그것이 샬럿 브론테에게도 해당되는 이야기일지 의문이 들었습니다.

《제인 에어》 12장을 펼치자 "나를 비난하고 싶은 사람은 누구든 비난해도 좋다"라는 문장이 눈에 들어왔습니다. 무엇 때문에 사람들이 샬럿 브론테를 비난하는 것일까요? 나는 의아했습니다. 그리고 페어팩스 부인이 젤리를 만드는 동안 제인 에어가 지붕으로 올라가 저 멀리 펼쳐진 들판을 바라보곤 했다는 구절을 읽었습니다. 그러면서 제인 에어는 갈망합니다(제인 에어가 비난받은 이유는 이 때문이었지요). "나는 경계를 넘어 바라볼 수 있는 시력이 있다면 좋겠다고 생각했다. 듣기는 했지만 본 적 없는 분주한 세상과 활기로 가득 찬 도시와 지역들까지 볼 수 있기를 갈망했다. 그리고 지금보다 더 실제적인 경험을 더 많이 쌓고 싶었다. 나와 비슷한 사람들과 더 많이 교류하고, 이곳에서 만날 수 없는 여러 성격의 사람들과 친분을 나누고 싶었다. 페어팩스 부인의 장점과 아델라의 좋은 점을 높이 평가하지만, 나는 그와 다른 더 생기 있는 선량함이 있다고 믿었고, 내가 믿는 것들을 직접 보고 싶었다."

"누가 나를 비난할까? 의심의 여지없이 많은 이들이 그럴 것이고, 내가 불만투성이라고 말할 것이다. 나도 어쩔 수 없다. 불안정한 것이 나의 천성이었다. 이따금 그것은 나를 고통스럽게 휘저었다……."

"인간은 평온한 삶에 만족해야 한다고 말하는 것은 헛된 일이다. 인간에게는 활동이 있어야 하고, 활동을 찾지 못하면 만들어서 하는 것이 인간이다. 수백만의 사람들이 나보다 더 정적인 비운에 처해 있고, 수백만의 사람들은 자신의 운명에 조용히 저항한다. 이 땅에 살아가는 저 숱한 삶 속에 얼마나 많은 저항이 무르익고 있는지 아무도 모른다. 여성은 대체로 매우 차분하다고 여겨진다. 그러나 여자도 남자들과 똑같이 느낀다. 남자 형제들처럼 여자들도 능력을 연습하고 노력을 기울일 터전이 필요하다. 여자도 남자들이 고통받는 딱 그만큼의 너무 엄격한 제약과 절대적인 침체 때문에 고통스러워한다. 그리고 여자는 푸딩을 만들고 양말을 짜고 피아노를 연주하고 가방에 수나 놓아야 한다고 말하는 것은 동족이면서 더 많은 특권을 가진 남성들의 편협한 생각 때문이다. 여자가 관습에 따라 필요한 정도보다 더 많은 것을 배우거나 더 많은 일을 하려고 한다고 해서 그들을 비난하거나 조롱하는 것은 지각없는 행동이다."

"이렇게 혼자 있을 때면, 가끔 그레이스 풀의 웃음소리가 들렸다."

이 부분은 어색하게 뚝 끊어진 것 같다고 나는 생각

했습니다. 갑자기 그레이스 풀이 나오다니 당황스럽지요. 연속성이 깨지니까요. 나는《오만과 편견》옆에 책을 내려놓으며 생각을 이어나갔습니다. 이 구절을 쓴 여성은 제인 오스틴보다 더 특별한 재능이 있다고 말할 수도 있겠지요. 하지만 저 글을 다시 읽으면서 그 안에 담긴 경련과 분노를 살펴본다면, 그녀가 결코 자신의 재능을 완전하고 온전한 형태로 표현하지 못할 걸 알 수 있습니다. 그녀의 책들은 뒤틀리고 변형될 것입니다. 차분하게 글을 써야 하는 대목에서 격분에 휩싸일 테지요. 현명하게 글을 써야 하는 순간에 섣부른 판단이 튀어나올 겁니다. 등장인물의 이야기를 해야 할 때 자신의 이야기를 할 테고요. 그녀는 자신의 운명과 전쟁을 벌이고 있습니다. 옥죄이고 비틀린 그녀가 젊은 나이로 세상을 뜨지 않을 도리가 있었을까요?

샬럿 브론테가 1년에 가령 300파운드를 소유했다면 어떻게 되었을지, 잠시 생각해보지 않을 수 없습니다. 하지만 이 어리석은 여성은 자기 책의 판권을 1,500파운드에 팔아버렸지요. 활기로 가득 찬 이 분주한 세상과 도시와 지역에 대해 더 많은 지식이 있었다면, 더 실제적 경험을 쌓고 그녀와 비슷한 사람들과 교류하고 여러 성격의 사람들과 친분을 다졌더라면 무슨 일이 일어났을지 모르지요. 앞에 인용한 글에서 샬럿 브론테는 소설가로서 자기 자신의 결함뿐 아니라 당시의 여성들이 지녔던 약점까지 정확하게 지적하고 있습니다. 저 멀리 펼쳐진 들판을 외롭게 바라보는 데 자신의 재능을 소비하지 않았다면, 그녀에게 경험과 교류와 여행이 허락되었다면 얼마나 막대한 이익이 되었을지 샬럿 브론테는 누구보다 잘 알고 있었습니다. 하지만 그런 것들은 허락되지 않았지요. 그런 것들은 주어지지 않았고 우리는 사실을 받아들여야만 합니다. 《빌레트》와 《에마》, 《폭풍의 언덕》, 《미들마치》 등 이 모든 훌륭한 소설들은 점잖은 성직자가 머무는 목사관에 출입하는 정도의 경험밖에 갖지 못한 여성들이 썼다는 사실을요. 또 이 소설들이 그러한 목사관의 공동 거실에서 쓰였고, 너무 가난해서 《폭풍의 언덕》이나 《제인 에어》를 쓸 종이를 한 번에 몇 묶음밖에 사지 못했던 여성들의 손으로 쓰였다는 사실을 인정해야 합니다. 실제로 그런 여성 중 한 명인 조지 엘리엇은 숱한 시련

끝에 탈출을 했지만, 결국 세인트존스우드의 한 시골 저택에 은둔했지요. 그리고 그곳에서 세상이 인정하지 않는 그늘에 정착했습니다. 그녀는 이렇게 썼습니다. "초대해달라고 청한 적 없는 사람은 절대로 초대하지 않는다는 점을 이해해주기 바랍니다." 기혼 남자와 동거하고 있었으니, 스미스 부인이든 누구든 우연히 방문하여 그녀를 만났다가는 순결이 훼손되지 않았겠습니까? 누구나 사회적 관습에 복종해야 하므로 그녀는 "소위 세상으로부터 단절되어"야 합니다. 같은 시대 유럽의 다른 한쪽에서는 한 젊은 남자가 집시 여인이나 귀부인과 자유분방하게 살고 있었습니다. 그 젊은이는 전쟁에 참가하기도 했습니다. 방해하거나 검열하는 이 없이 갖가지 인간의 삶을 경험했고, 이는 나중에 그가 책을 쓰게 되었을 때 훌륭한 자산이 되었지요. 톨스토이가 호젓한 프라이어리*에서 기혼 여성과 함께 "소위 세상으로부터 단절되어" 생활했더라면, 도덕적으로 아무리 뛰어난 교훈을 준다 하더라도 《전쟁과 평화》를 쓰

---

* 조지 엘리엇과 조지 헨리 루이스가 1863년에 사들여 1880년까지 살았던 집이다.

지는 못했을 것입니다.

　하지만 소설을 쓰는 문제와 성이 소설가에게 미치는 영향을 좀 더 깊이 살펴볼 필요가 있겠지요. 눈을 감고 소설이라는 것을 전체적으로 생각해보면 거울처럼 삶을 비추는 창작물처럼 보일 것입니다. 물론 무수히 많은 부분을 단순화하고 왜곡하여 비추는 거울이지만요. 어쨌든 소설은 마음의 눈에 어떤 형상을 남기는 구조물입니다. 그 형상은 때로는 정사각형이고, 때로는 사찰의 탑 같은 모양이며, 때로는 양 옆으로 뻗어 회랑을 만들기도 합니다. 또 때로는 콘스탄티노플의 성 소피아 대성당처럼 탄탄한 골격에 둥근 지붕을 얹은 모양이 되기도 하지요. 유명한 소설 몇 권을 돌이켜 생각해볼 때, 이 형상은 그에 어울리는 어떤 감정을 불러일으킵니다. 하지만 그 감정은 이내 다른 감정들과 뒤섞입니다. '형상'이란 돌과 돌의 관계가 아니라 인간과 인간의 관계에서 만들어지기 때문입니다. 이처럼 소설은 서로 대립하고 상반되는 온갖 종류의 감정을 일으킵니다. 삶은 삶이 아닌 어떤 것과 충돌합니다. 그래서 소설에 관해 어떤 합의에 이르기가 어렵고 개인이 지닌 편견은 지대한 영향을 미치는 것입니다. 한편으로 우리는 당신, 즉 주인공 존이 살아야 한다고 느낍니다. 그렇지 않으면 우린 깊은 절망에 빠지겠지요. 다른 한편으로 우리는 슬프게도 존, 당신이 죽어야 한다고 느낍니다. 책의 형상에 따라 그렇게 되어야만 하니까요. 삶은 삶이 아닌 어떤 것과 충돌을 일으킵니다. 하지만 그것이 부분적으로는 삶이기 때문에 우리는 그것을 삶이라고 판단하지요. "제임스는 내가 가장 싫어하는 부류의 인간이야." 또는 "이건 온통 말도 안 되는 이야기야. 나는 그런 감정은 전혀 느낄 수 없었거든." 등의 이야기를 하기도 합니다. 어떤 유명한 소설이라도 돌이켜 생각해보면 소설의 전체 구조는 끝없이 복잡해집니다. 그렇게 제각각의 수많은 판단과 제각각의 수많은 감정으로 이루어지기 때문입니다. 놀라운 점은 그러한 구조를 지닌 책들이 1, 2년 이상 살아남는다는 사실과 영국의 독자들이나 러시아 또는 중국의 독자들에게 전해주는 의미가 다를 바 없다는 사실입니다. 때로 그 책들은 매우 훌륭하게 버텨냅니다. 그리고 이렇게 살아남은 사례가 극히 드문 가운데 그 책들을 버티게 해주는 조건(나는 《전쟁과 평화》를 생각하고 있었습니다)은 소위 완전성이라는 것입니다. 물론 이런 완전성은 계산서를 지불하거나 비상시에 명예롭게 행동하는 것과는 아무 관계가 없습니다. 소설가에게 완전성이라는 말의 의미는 이것이 진실이라고 독자에게 주는 확신입니다. "그래, 나는 이것이 그렇게 되리라는 생각은 못 해봤지. 그런 식으로 행동하는 사람은 본 적이 없었으니까. 하지만 그것이 이러이러해서 이렇게 됐다고 당신이 내게 확신을 주었다"라고 느끼는 것이지요. 우리는 책을 읽으면서 모든 문장, 모든 장면을 빛에 비춰봅니다. 매우 신기하게도 자연은 소설가의 완전성이나 불완전성을 판가름할 수 있는 내면의 빛을 우리에게 주었거든요. 어쩌면 자연이 이성으로 설명할 수 없는 기분에 휩쓸려 보이지 않는 잉크로 우리 마음의 벽 위에 훌륭한 예술가만이 증명해 보일 수 있는 어떤 예감을 그려놓은 것인지도 모릅니다. 천재적 재능이라는 불에 비춰보기만 하면 눈에 보이는 그런 그림이요. 그 그림이 드러나 생명을 얻는 것을 보면 우리는 환희에 넘쳐 "이것이야말로 내가 언제나 느끼고 알고 있었으며 바라던 것이었어!"라고 소리를 지를 겁니다. 흥분으로 끓어오르고 책장을 덮을 때는 일종의 숭배감마저 느낍니다. 마치 살면서 계속 찾아 써야 할 소중한 비상 용품이라도 되는 양 그 책을 다시 책장에 꽂아놓겠지요. 나는 그런 생각을 하며 《전쟁과 평화》를 제자리에 꽂아놓았습니다. 반면 우리가 꺼내들어 검토하는 어떤 조악한 문장들은 처음에는 환한 색채와 근사한 몸짓으로 빠르고 열정적인 반응을 일으키지만 거기서 멈출 수도 있습니다. 무언가가 더 나아가지 못하게 가로막고 있는 것처럼 말입니다. 또 불빛에 비춰보니 한쪽 구석에 희미하게 휘갈겨 쓴 흔적과 다른 쪽에 얼룩이 보이고 완전하고 온전한 문장은 보이지 않을 수도 있습니다. 그러면 우리는 좌절감에 깊은 한숨을 쉬며 말합니다. "이번에도 실패작이군." 이 소설은 어딘가에서 완전히 실패한 것입니다.

물론 대개의 경우 소설은 어딘가에서 실패를 합니다. 긴장이 지나치면 상상력이 휘청거립니다. 통찰력이 흐트러지기도 합니다. 더는 진실과 거짓을 구분하지 못하기도 하고, 매순간 온갖 다양한 능력을 발휘해야

147

하는 엄청난 노동을 유지할 힘도 잃을 수 있습니다. 하지만 이 모든 것이 소설가의 성별에서 어떤 영향을 받는 것인지, 나는 《제인 에어》와 다른 책들을 바라보며 궁금해졌습니다. 여성이라는 성이 반드시 여성 소설가의 완전성에 개입하는 것일까요? 앞서 작가의 근간이라고 말했던 그 완전성 말입니다. 자, 《제인 에어》에서 인용했던 구절을 보면, 확실히 소설가로서 샬럿 브론테가 지녀야 할 완전성에는 분노가 개입되어 있습니다. 자신의 개인적 불만에 귀를 기울이느라 마땅히 전념했어야 할 이야기를 방치한 것이지요. 샬럿 브론테는 자신이 당연히 누려야 할 경험에 굶주려 있다는 사실을 잊지 않았습니다. 자유로이 세상을 떠돌고 싶었지만 목사관에서 양말을 수선하며 정체된 채로 살아야 했으니까요. 샬럿 브론테의 상상력은 분노로 길을 벗어났고, 우리는 그 사실을 느낄 수 있습니다. 하지만 분노보다 또 다른 여러 영향력이 그녀의 상상력을 잡아끌어 원래의 길에서 벗어나게 했지요. 예를 들면 무지가 그것입니다. 로체스터*의 초상은 어둠 속에서 그려졌습니다. 우리는 그 안에 도사린 두려움이라는 영향력을 느낍니다. 마찬가지로 우리는 억압의 결과인 신랄함을 끊임없이 느낄 수 있습니다. 그녀의 열정 아래 파묻혀 들끓는 괴로움, 훌륭한 작품들을 발작적인 고통으로 수축시키는 원한을 느끼게 되는 것이지요.

소설은 실제 삶에 이같이 부합하기 때문에, 소설의 가치는 어느 정도 실제 삶의 가치와 일치합니다. 그러나 분명한 사실은 여성의 가치가 흔히 남성이 만들어낸 가치와는 다르다는 점입니다. 당연히 그렇지요. 하지만 만연해 있는 것은 남성의 가치입니다. 노골적으로 말해서 축구와 스포츠는 '중요한' 일입니다. 유행을 좇고 옷을 사는 것은 '하찮은' 일이지요. 이런 가치들은 삶에서 소설로 불가피하게 옮아갑니다. 비평가들은 이렇게 판단합니다. "이 책은 전쟁을 다루고 있으니 중요한 책이야." "이 책은 거실에서 여성이 느끼는 감정을 다루고 있으니 별 볼 일 없는 책이야." 전장에서의 장면은 상점을 무대로 한 장면보다 더 중요하고, 훨씬 더 치밀한 가치의 차이는 어디에나 남아 있습니다. 따

---

* 《제인 에어》의 남자 주인공이다.

라서 19세기 초 소설의 전체 구조는 여성의 경우 정도를 약간 벗어난 마음 상태에서 구성된 것이었습니다. 외적 권위에 순종하여 자신의 명확한 관점을 바꿀 수밖에 없던 상황이었다고 할 수 있지요. 잊힌 옛 책들을 훑어보며 글에 담긴 어조만 살펴보아도 작가들이 비평가를 염두에 둔 사실을 알 수 있습니다. 여성 소설가는 어떤 부분은 공격적으로, 어떤 부분은 회유적으로 썼지요. 자신이 '한낱 여자일 뿐'이라고 인정하거나 '남자만큼 뛰어나다'고 항변하면서 말입니다. 기질이 시키는 대로 유순하고 소심한 태도로, 때로는 화내고 역설하는 태도로 그런 비평을 마주했습니다. 태도가 어느 쪽이었는지는 중요치 않습니다. 어차피 그녀의 생각은 달랐으니까요. 그녀의 책이 우리 머리 위로 떨어집니다. 책 한가운데 결점이 자리해 있습니다. 그리고 조금씩 읽은 자국이 난 채 나뒹구는 과수원의 사과들처럼, 런던 중고 서점 여기저기 흩어져 있는 모든 여성의 소설들을 생각해보았습니다. 전체를 썩게 만든 것은 한가운데 자리한 그 결점이었습니다. 그녀는 다른 이들의 견해에 순종하여 자신의 가치를 바꿔버렸던 것이지요.

하지만 오른쪽이든 왼쪽이든 조금도 흔들리지 않고 그대로 있기란 불가능했을 겁니다. 철저히 가부장적인 사회에서 자신이 본 것을 조금도 물러서지 않고 견지하며 그 모든 비평에 직면한다는 건 얼마만큼의 재능과 얼마만큼의 완전성을 요하는 일이었을까요. 오직 제인 오스틴과 에밀리 브론테만이 그 일을 해낸 사람들이었습니다. 그것은 그들의 또 다른, 어쩌면 가장 훌륭한 성취였을 겁니다. 두 사람은 남성이 아닌 여성으로서 글을 썼습니다. 당시 소설을 썼던 수천 명의 여성들 가운데 오직 두 사람만이 사라지지 않는 현학자들의 이러저러하게 쓰라는 끊임없는 훈계를 철저히 무시했습니다. 불만을 터뜨렸다가 훈계했다가 때로는 억압하고 때로는 한탄하고 또 때로는 경악하며 화도 내고 친근하게 굴기도 하는 집요한 목소리에 오직 두 사람만이 귀를 막았습니다. 여성을 내버려 두지 않고 옆에 꼭 붙어 있는 그 목소리는 에거턴 브리지스 경이 그랬듯이, 성실함이 지나친 가정 교사처럼 여성에게 품위를 잃지 말라고 명령합니다. 시를 비평할 때 성 비평을 가져다 붙이기도 하지요.* 여성이 좋은 사람이 되거나 빛나는 상을 받고 싶다면 문제의 신사가 적당하다고 생각하는 선을 벗어나서는 안 된다고 여성을 꾸짖습니다. "……여성 소설가들은 여성의 한계를 용감하게 인정해야만 탁월한 경지에 이르기를 열망할 수 있다."** 이 말은 문제를 명징하게 보여줍니다. 조금 놀라운 이야기일지 모르겠지만, 이 문장은 1828년 8월이 아니라 1928년 8월에 쓴 것입니다. 지금 우리에게는 무척 재미있는 말로 들릴지 몰라도, 한 세기 전에는 훨씬 더 격하고 우렁차게 존재했을 일단의 견해를 단적으로 보여주는 문장이라는 데 여러분도 동의하리라 생각합니다 (오래된 옛 웅덩이를 휘젓지는 않겠습니다. 떠다니다 우연히 내 발에 걸리는 것들만 주워 담아 보기로 하지요). 1828년

---

* "(여성도) 형이상학적 목표가 있는데, 이것은 특히 여성에게 위험한 강박 관념이다. 여성이 남성처럼 건전하게 수사법을 애호하는 경우는 드물기 때문이다. 다른 부분에서는 더 원초적이고 물질주의적인 여성에게 이러한 점이 없다는 것은 기이하다."[새로운 기준(New Criterion)〉, 1928. 6.](원주)

** "기자처럼 여러분도 여성 소설가가 여성의 한계를 용감히 인정해야만 탁월한 경지에 이르기를 열망할 수 있다고 믿는다면(제인 오스틴은 이런 태도를 얼마나 우아하게 성취할 수 있는지 보여주었다)……"[〈전기와 서한집(Life and Letters)〉, 1928. 8.](원주)

에 이 모든 모욕과 꾸짖음과 빛나는 상을 약속하는 목소리를 무시하려면 무척이나 의지가 굳센 젊은 여성이어야 했을 것입니다. 스스로 다음과 같이 말할 수 있으려면 다분히 선동가로서의 면모도 있었겠지요. "아, 하지만 그 사람들도 문학은 매수할 수 없어. 문학은 모든 사람에게 열려 있으니까. 당신이 교구 사제라 해도 나를 잔디밭에서 쫓아내도록 용인하지 않겠어. 도서관을 잠그고 싶다면 잠그라고. 하지만 내 자유로운 마음은 문이나 자물쇠나 빗장 따위로 닫을 수는 없을걸."

그러나 방해와 비평이 여성의 글쓰기에 어떤 영향을 주었든(나는 대단히 큰 영향을 주었으리라 생각합니다), 그것은 그들(나는 계속해서 19세기 초 소설가들을 생각하고 있습니다)이 종이 위에 생각을 꺼내놓기 시작했을 때 직면한 또 다른 고난과 비교하면 별로 중요하지 않았지요. 그 고난이란 그들 앞에 아무런 전통이 없다는 사실, 설령 있다 해도 너무 짧고 불완전해서 거의 도움이 되지 않았다는 사실입니다. 여성이라면 자신의 어머니를 통해 과거를 거슬러 올라가기 때문입니다. 재미를 위해서라면 얼마든지 많은 남성 작가들을 찾아보든 상관없겠지만, 도움을 구하고자 뛰어난 남성 작가를 찾는 일은 아무 쓸모가 없습니다. 램과 브라운, 새커리, 뉴먼, 스턴, 디킨스, 드퀸시, 또 그 밖의 누구든 간에 한 번도 여성에게 도움을 준 석이 없습니다. 물론 여성이 그들에게서 몇 가지 기법을 배워 자기 글에 활용했을 수는 있겠지요. 남성의 마음은 무게도, 보폭도, 속도도 여성과 너무 다르기 때문에 그들이 가진 어떤 것도 제대로 가져올 수 없습니다. 너무 동떨어진 존재라 노력해도 배울 수가 없는 것이지요. 아마도 종이를 펼치고 펜을 쥐면서 가장 먼저 알게 되는 것은, 여성이 사용할 수 있도록 준비된 공용 문장이 없다는 사실이었을 겁니다. 새커리와 디킨스와 발자크 같은 위대한 소설가들은 모두 자연스러운 산문을 썼는데, 빠르지만 어수선하지 않고, 표현력이 풍부하지만 점잔 빼지 않으며, 자기 고유의 색을 취하면서도 공동의 자산으로 남는 글들이었지요. 그들은 당시 통용되던 문장을 기반으로 글을 썼습니다. 19세기 초에 통용되던 문장은 이런 식이었습니다. "그들 작품의 장엄함은 그들에게 멈추지 말고 계속 전진하라고 말하는 논거였다. 그들은

154

자신의 예술성을 발휘하고 진실과 아름다움을 끝없이 창조하면서 더없는 희열과 만족을 느낄 수 있었다. 성공은 노력을 촉진하고, 습관은 성공을 도모한다." 이것이 남성의 문장입니다. 그 이면에서 존슨과 기번과 그 외의 남성 작가들을 엿볼 수 있지요. 이런 문장은 여성이 사용하기에 적합하지 않습니다. 샬럿 브론테는 산문에 그토록 눈부신 재능을 갖고 있었지만 이 어설픈 무기를 손에 들었다가 비틀거리며 넘어지고 말았습니다. 조지 엘리엇도 같은 무기를 들었다가 형언할 수 없이 극악무도한 실수를 범했지요. 제인 오스틴은 그것을 보고 비웃으며 자신이 사용하기에 적합한, 더없이 자연스럽고 균형 잡힌 문장을 창작했고, 결코 거기에서 벗어나지 않았습니다. 비록 글쓰기 재능은 샬럿 브론테에 미치지 못했지만, 제인 오스틴은 비할 수 없이 더 많은 이야기를 했던 것입니다. 실제로 자유롭고 풍부한 표현은 예술의 정수이기에, 전통의 결핍과 도구의 결핍과 부적절함은 여성의 글쓰기에 지대한 영향을 미쳤을 것입니다. 게다가 책은 문장을 이어붙인다고 만들어지는 것이 아니라, 심상을 이용해서 쉽게 설명하자면 문장을 회랑이나 둥근 지붕으로 지을 때 완성되는 것이지요. 이러한 형상 또한 남성 자신들이 이용하고자 자신의 필요에 따라 만들었던 것입니다. 문상이 여성에게 적합하지 않은 것과 마찬가지로 서사시나 시극의 형태가 여성에게 적합하다고 생각할 이유가 없습니다. 그러나 모든 문학의 옛 형태들은 여성이 작가가 되었을 무렵 이미 그렇게 굳어지고 정해져 있었습니다. 소설만이 여성이 쓸 수 있을 만큼 부드러운 새로운 문학 형식이었습니다. 이 또한 여성이 소설을 썼던 이유일 겁니다. 그러나 "소설"(나는 이 단어가 부적절하다는 느낌을 표현하기 위해 인용 부호를 썼습니다)이, 모든 문학 형식 가운데 가장 유연한 이 형식이 지금도 여성이 쓰기에 적합한 형태를 갖추고 있다고 말할 수 있을까요? 틀림없이 여성이 팔다리를 자유로이 사용하게 되면, 소설이라는 형식을 부수고 자신에게 알맞은 형태를 만들 것입니다. 꼭 운문이 아니더라도 내면의 시를 전달할 새로운 수단도 만들게 될 겁니다. 여전히 발산할 길이 막혀 있는 형식이 시이니까요. 나는 계속해서 곰곰이 생각했습니다. 오늘날 여성이 시로 5막짜리 비극을 쓸까요? 운문을 사용할까요? 오히려 산문을 이용하지 않을까요?

하지만 이런 것들은 어스레한 미래의 영역 안에 놓인 어려운 질문입니다. 그런 질문들은 내버려둬야 합니다. 내 주제를 벗어나 길도 없는 산속을 헤매게 할 뿐이니까요. 그러다가 산중에서 갈 곳을 잃고 아마도 굶주린 들짐승의 먹이가 되고 말겠지요. 나는 소설의 미래라는 그 우울한 주제를 꺼내고 싶지 않고, 여러분도 그걸 원하지는 않으리라 생각합니다. 그래서 여기서 잠시 이야기를 멈추고, 여성에 관한 한 물리적 조건이라는 면에서 앞으로 크게 영향을 미칠 부분에 대해서만 여러분에게 이야기를 해볼까 합니다. 책은 어떻게든 몸에 적응해야 합니다. 그 때문에 감히 말하자면, 여성의 책이 남성의 책보다 더 짧고 더 응축되어야 하며, 오랜 시간 동안 방해받지 않고 꾸준히 읽지 않아도 괜찮은 구성이 되어야 합니다. 방해란 항상 있을 테니까요. 또 뇌에 정보를 전해주는 신경도 여성과 남성이 다른 것 같습니다. 이런 신경이 최적의 상태로 활발히 기능하게 하려면, 어떤 방식이 여성의 신경에 적합할지 반드시 찾아내야 합니다. 예컨대 아마도 수백 년 전 수도승들이 고안해냈을 이런 몇 시간짜리 강의가 여성의 신경에 적합한지 어떤지 알아야 하지요. 일과 휴식을 어떻게 적절히 대체해야 하는지, 휴식은 아무 일도 하지 않는 것이 아니라 다른 일을 하는 것이라고 해석할 때, 그 다른 일은 무엇일지 알 필요가 있습니다. 이 모든 것을 토론하고 알아내야 합니다. 이 모든 것이 여성과 소설이라는 문제의 한 부분입니다. 나는 책장 앞으로 돌아가며 계속해서 생각했습니다. 그런데 여성이 여성의 심리를 심도 깊게 연구한 자료는 어디서 찾을 수 있을까? 만일 여성이 축구를 못한다는 이유로 의사가 되지 못한다면……

다행히 나의 생각은 이제 다른 방향으로 접어들었습니다.

5

정처 없이 거닐다 보니, 어느덧 현존 작가들의 책이 보관된 서가에 이르렀습니다. 현존 여성 작가와 남성 작가라고 해야겠지요. 이제는 여성이 쓴 책도 남성의 책만큼 많으니까요. 아직은 정확히 꼭 그렇다고 말할 수 없다 해도, 아직은 남성이 더 목청 높은 성이라 해도, 여성이 이제 소설만 쓰는 게 아니라는 사실은 확실합니다. 제인 해리슨은 그리스 고고학에 관한 책을 썼고, 버넌 리는 미학에 대해, 거트루드 벨은 페르시아에 대해 썼지요. 한 세대 전만 해도 여성이 손 댈 수 없었던 갖가지 주제가 이제는 책으로 나와 있습니다. 시와 희곡과 비평서도 있지요. 역사서와 전기, 여행서, 학술 연구서도 있고, 심지어 몇 권 안 되지만 철학서와 과학과 경제학에 관한 책들도 있습니다. 그리고 소설이 주를 이루긴 하지만, 소설 자체도 다른 분야의 책들과 만나면서 자연스레 변화를 겪었습니다. 여성의 글쓰기에서 서사시의 시대, 즉 자연스러운 소박함은 사라진 듯했습니다. 독서와 비평으로 여성은 한층 폭넓은 식견과 훨씬 더 섬세한 감성을 갖게 되었을 테고요. 자전적 이야기를 쓰고자 하던 충동은 모두 소진되었습니다. 글쓰기를 자기표현이 아닌 예술을 위한 수단으로 삼기 시작했을 겁니다. 이 새로운 소설들 가운데서 그러한 몇 가지 질문에 대한 답을 찾을 수 있을지도 모릅니다.

나는 아무 책이나 한 권 꺼내들었습니다. 서가 맨 끝에 꽂혀 있던 그 책은 《생의 모험》인가 그 비슷한 제목으로 메리 카마이클이 쓴 것인데, 바로 이번 10월에 출판되었습니다. 이 책이 첫 발표작인가 보네. 나는 혼잣말로 중얼거렸지만, 우리는 이 책이 지금까지 훑어본 다른 책들의 뒤를 잇는 꽤 긴 연작의 마지막 권인 양 읽어야 합니다. 윈칠시 부인의 시로 시작해서 에프라 벤의 희곡과 위대한 네 명의 소설가가 집필한 소설들로 이어지는 연작물의 끝 편인 셈이지요. 우리는 책을 개별적으로 평가하곤 하지만, 책이란 서로 연관된 것이니까요. 그리고 나는 이 무명의 여성을 앞서 잠깐 살펴본 다른 여성들의 후손으로 여기고 그녀가 그 여성들의 개성과 한계로부터 무엇을 물려받았는지 살펴보아야 합니다. 소설이란 흔히 해독제보다는 진통제이며, 뜨거운 인두로 잠을 깨우기보다 무기력한 수면의 상태로 미끄러져 들어가게 하므로, 나는 한숨을 쉬며 공책과 연필을 들고 메리 카마이클의 첫 소설《생의 모험》에서 무언가를 얻어내기 위해 자리에 앉았습니다.

우선 나는 한 페이지를 위아래로 훑어보았습니다. 푸른 눈이나 갈색 눈 그리고 클로이와 로저 사이에 어떤 관계가 설정될지 머릿속에 넣기 전에 문체를 먼저 이해해야겠다고 생각했습니다. 나머지는 그녀 손에 들린 것이 펜인지 곡괭이인지 판단하고 난 다음에 살펴볼 시간이 있을 것입니다. 그래서 한두 문장을 소리 내어 읽어보았습니다. 무언가 정리되지 않은 듯한 느낌이 곧바로 들었지요. 문장이 다음 문장으로 미끄러지

161

듯 넘어가지 않고 끊겼습니다. 어딘가는 찢기고 어딘가는 긁혀 있었습니다. 여기저기 흩어진 단어들이 불을 번쩍이며 눈에 들어왔습니다. 그녀는 옛 희곡들에 나오는 말처럼 자신에서 '손을 놓아버린' 상태였습니다. 마치 불이 붙지 않는 성냥을 그어 대는 사람 같았지요. 나는 메리 카마이클이 옆에 있는 듯 물었습니다. 그런데 제인 오스틴의 문장들은 당신이 사용하기에 적당한 형태가 아닌가요? 에마와 우드하우스 씨*가 죽었으니 제인 오스틴의 문장도 모두 폐기해야만 하나요? 나는 한숨을 쉬었습니다. 그래야 한다면 슬픈 일이지요. 모차르트가 이 노래 저 노래를 자유로이 넘나들듯이 제인 오스틴도 이 멜로디에서 저 멜로디로 넘어가는 반면, 메리 카마이클의 글을 읽으면 작은 배를 타고 바다로 나가는 느낌이었거든요. 위로 솟구쳤다 밑으로 푹 꺼졌다 하면서 말이지요. 짧은 호흡으로 뚝뚝 끊기는 느낌은 그녀가 무언가를 두려워한다는 의미일지 모릅니다. 아마도 '감상적'이라고 불릴까 봐 두려워

---

* 에마와 우드하우스 씨는 제인 오스틴의 소설 《에마》에서 주인공과 그의 아버지로 나오는 인물이다.

한 것이겠지요. 아니면 여성의 글은 꾸밈이 많다는 말을 기억하고 가시를 잔뜩 박아놓았는지도 모릅니다. 하지만 주의를 기울여 한 장면을 다 읽고 나서도, 나는 그녀가 자기 자신으로서 글을 쓴 것인지 다른 사람이 된 것인지 확신이 서지 않았습니다. 어쨌든 글을 좀더 꼼꼼히 읽어보니 그녀가 인물의 활기를 끌어내리지는 않는 것 같았습니다. 하지만 사실들을 너무 많이 쌓아올리고 있었지요. 이런 분량의 책에서라면 그런 사실을 반도 다 쓰지 못할 것입니다(이 책은 《제인 에어》의 절반 정도 되는 길이였습니다). 하지만 그녀는 그럭저럭 우리 모두를, 그러니까 로저와 클로이, 올리비아, 토니, 빅엄 씨까지 강을 거슬러 올라가는 카누에 태우는데 성공했습니다. 나는 의자에 등을 기대면서 잠깐 멈추라고 말했습니다. 앞으로 나아가기 전에 전체를 면밀히 생각해보아야 했으니까요.

나는 혼자 중얼거렸습니다. 메리 카마이클이 우리에게 장난을 친 것이 확실하다고 말이지요. 마치 롤러코스터에 탄 것처럼 아래로 내려갈 줄 알았던 열차가 방향을 바꿔 솟구치는 느낌을 받았거든요. 메리는 예상

되는 다음 장면들을 마음대로 바꿔놓았지요. 처음에는 문장을 파괴하더니, 이제는 연속되는 장면을 파괴한 것입니다. 그래요. 그녀는 이 두 가지를 할 권리가 있습니다. 파괴 자체를 위해서가 아니라 창조를 위해서 그렇게 한 거라면 말입니다. 둘 중 어느 쪽인지, 그녀가 직접 어떤 상황을 대면하기 전까지는 확실히 알수 없습니다. 어떤 상황을 마주할지 전적으로 그녀의 선택에 맡기겠노라고 나는 생각했습니다. 그녀가 좋다면 통조림 깡통과 낡은 주전자로 어떤 상황을 만들어낼 수도 있겠지요. 하지만 그녀 자신이 그것을 하나의 상황이라고 믿는다는 확신을 내게 주어야 합니다. 그리고 상황을 만들었다면 스스로 그 상황을 마주해야만합니다. 그 상황을 뛰어넘어야 하고요. 그녀가 나에게 작가로서 도리를 다한다면, 나도 그녀에게 독자로서 도리를 다하겠다고 마음먹으며 계속 읽었습니다……. 갑자기 이야기를 끊어서 미안합니다. 여기에 남자는 한 명도 없나요? 저기 저 붉은 커튼 뒤에 차터스 바이런 경* 같은 인물이 숨어 있지 않다고 보장해요? 우리가 전부 여성이라고 장담할 수 있나요? 그러면 내가 읽은 바로 다음 문장을 여러분에게 들려주어도 되겠군요. "클로이는 올리비아를 좋아했다"였습니다. 놀라지 마십시오. 얼굴을 붉히지도 마십시오. 우리 사회의 사적인 영역에서는 이런 일도 가끔 일어난다는 것을 인정합시다. 때로는 여성이 여성을 좋아하기도 합니다.

"클로이는 올리비아를 좋아했다." 나는 이 문장을 읽었습니다. 이 문장에 얼마나 거대한 변화가 들어 있는가 하는 생각이 머리를 스쳤습니다. 클로이가 올리비아를 좋아한 것은 아마 문학에서는 최초의 사건이었을 겁니다. 클레오파트라는 옥타비아를 좋아하지 않았지요. 만약 옥타비아를 좋아했더라면 《안토니우스와 클레오파트라》는 완전히 다른 이야기가 되었을 겁니다! 《생의 모험》에서 잠시 벗어난 생각입니다만, 《안토니우스와 클레오파트라》는 감히 말한다면 터무니없이 단순하고 진부한 작품입니다. 클레오파트라가 옥타비아에게 느끼는 유일한 감정은 질투입니다. 나보다 키가 클까? 머리 손질은 어떻게 할까? 아마 이 희곡은 그것만

---

* 여성 동성애를 다룬 래드클리프 홀의 소설 《고독의 우물》에 대해 외설 시비 재판을 맡은 치안 판사 차터스 바이런을 가리킨다.

으로도 충분했겠지요. 하지만 두 여성의 관계가 조금 더 복잡했더라면 얼마나 흥미로웠을까요? 문학 작품 속에 등장한 눈부신 여성 인물들을 얼른 떠올려보며 생각하건대, 이 여성들의 관계는 너무 단순합니다. 너무 많은 것이 생략되고, 어떤 시도조차 보이지 않지요. 나는 지금까지 읽은 책들 중에 여성 두 명이 친구로 등장한 사례가 있었는지 애써 기억해보았습니다. 《교차로의 다이애나(Diana of the Crossways)》*에서 그런 시도가 있었더군요. 물론 라신의 작품과 그리스 비극에도 여성이 절친한 친구로 나오긴 합니다. 그들은 때때로 엄마와 딸로 그려지지요. 그러나 거의 예외 없이 여성은 남성과의 관계 속에서만 등장합니다. 제인 오스틴의 시대까지 소설에 등장한 모든 위대한 여성들은 남성에 의해서만 그 존재가 드러날 뿐 아니라 남성과의 관계 속에서만 형체를 갖는다고 생각하니 참 이상했습니다. 남성과의 관계란 여성의 삶에서 극히 작은 한 부분인데 말입니다. 또 남성이라는 이유로 코에 걸친 검

---

* 영국의 소설가이자 시인인 조지 메러디스의 소설이다.

거나 붉은 안경을 통해 남녀관계를 관찰하는 남성은 남녀관계에 무지하기도 하겠지요. 아마도 이런 이유에서 소설의 여성 인물이 그 고유의 특성을 갖는지도 모르겠습니다. 놀랄 만큼 극단적으로 아름답거나 혐오스럽고, 천사처럼 선하거나 지옥에 떨어질 듯 타락하지요. 남자는 자신의 사랑이 타오르거나 식어버릴 때, 또는 순조롭게 이루어지거나 불행에 빠질 때마다 여자를 그런 눈으로 보았을 테니까요. 물론 19세기 소설가들에게는 그다지 맞지 않는 이야기입니다. 그들 작품 속의 여성들은 훨씬 더 다채롭고 복합적인 인물이 되었지요. 실제로 여성에 대해 쓰고자 했던 욕망 때문에 아마도 남성들은 여성을 거의 등장시킬 수 없었던 폭력적 시극을 점차 포기하고, 더 적합한 소설이라는 그릇을 고안해냈는지도 모르겠습니다. 그렇다 하더라도 남성에 대한 여성의 지식이 그러하듯이 분명 남성 역시 여성에 대해 지극히 불완전하고 편협한 지식만을 갖고 있다는 사실은 프루스트의 글에서도 드러납니다.

나는 다시 책을 내려다보며 생각했습니다. 또한 남성처럼 여성도 끊임없이 반복되는 가정에 대한 관심외에 다른 관심을 지니고 있다는 점이 분명해지고 있다고요. "클로이는 올리비아를 좋아했다. 두 사람은 연구실을 함께 쓰고 있었다⋯⋯." 계속 읽으면서 나는 이 두 젊은 여성이 악성 빈혈 치료를 위해 간을 잘게 써는 일을 하고 있다는 사실을 알게 되었습니다. 둘 중 한 명은 결혼을 했고, 어린아이도(아마도 맞을 겁니다) 두 명 있었지요. 물론 이런 사실들 모두 과거의 문학 작품에서는 생략되어야 했고, 그렇게 소설 속 여성의 눈부신 초상은 지나치게 단순하고 지나치게 단조로웠습니다. 예를 들어 남자가 문학 작품 안에서 단지 여성의 연인으로만 묘사될 뿐, 다른 사람들의 친구나 군인, 사상가, 몽상가로 전혀 구체화되지 않았다고 생각해봅시다. 세익스피어의 희곡에서 그들에게 돌아가는 역할이 얼마나 적었을까요. 또 문학은 얼마나 타격을 입었을까요! 아마 대부분 오셀로 같은 인물만 남았을 테고 안토니우스 같은 인물도 상당히 많았겠지만 카이사르나 브루투스, 햄릿, 리어, 자크는 없었을 것입니다. 문학은 믿을 수 없이 빈곤해질 것이고요. 실제로 문학이 여성에게 문을 닫고 헤아릴 수 없이 빈곤해진 것처럼 말입니다.

자신의 뜻과 상관없이 결혼하고, 방 한 칸에 갇혀 생활하고, 한 가지 일만 해야 하는 여성을 극작가가 어떻게 온전하게, 또는 흥미롭게, 또는 진실하게 설명할 수 있을까요? 사랑만이 유일하게 여성을 통역할 수 있는 수단이었지요. 시인은 열정적이거나 비통해질 수밖에 없었습니다. 그가 실제로 '여성을 증오'하기로 마음먹은 것이 아니라면 말입니다. 이런 경우는 흔히 그가 여성에게 매력 없는 남성임을 의미했습니다.

만약 클로이가 올리비아를 좋아하고 두 사람이 연구실을 함께 쓴다면, 그 자체로 둘의 우정은 더 다양하게 지속될 것입니다. 둘의 관계가 덜 개인적이기 때문입니다. 만약 메리 카마이클이 글 쓰는 법을 안다면(나는 그녀의 문체가 지닌 어떤 특징을 즐기기 시작했습니다만), 그녀에게 자기만의 방이 있다면(이 점은 확신할 수 없지만), 그녀가 연간 500파운드의 자기 돈을 가질 수 있다면(앞으로 입증되어야 할 부분이지만), 그렇다면 나는 대단히 중요한 어떤 변화가 있었다고 생각합니다.

클로이가 올리비아를 좋아하고 메리 카마이클이 그러한 관계를 표현하는 방법을 안다면, 그녀는 아직 아무도 들어가 본 적 없는 드넓은 방에 횃불을 밝히게 되기 때문입니다. 그 방은 온통 어슴푸레하고 깊은 그림자가 깔려 있습니다. 어디로 발을 내딛는지도 모른 채 촛불을 들고 위아래를 휘둘러보며 걷는 구불구불한 동굴처럼 말이지요. 나는 다시 책을 읽기 시작했습니다. 올리비아가 선반에 병을 올려놓으며, 아이들이 있는 집으로 돌아가야 할 시간이라고 말하는 모습을 클로이가 바라보는 장면이었습니다. 이는 개벽 이래로 한 번도 본 적 없는 광경이라고 나는 소리쳤습니다. 그리고 나 역시 호기심에 가득 차서 지켜보았지요. 메리 카마이클이 그 기록된 적 없는 몸짓과 입 밖으로 전혀, 아니 거의 나온 적 없는 언어들을 어떻게 포착해낼지 보고 싶었으니까요. 남성의 변덕스럽고 편견에 물든 빛을 벗어나 여성이 홀로 섰을 때 만들어지는 몸짓과 언어는 천장에 매달린 나방의 그림자만큼이나 희미합니다. 그런 것들을 포착해내려면 숨을 죽여야 할 거라고, 나는 계속 읽으며 혼자 중얼거렸습니다. 여성은 뚜렷한 동기가 보이지 않는 관심을 받으면 의심의 날을 세우고, 숨거나 억눌리는 데 끔찍이도 익숙하기 때문에,

그들을 향해 관찰하는 시선으로 눈만 깜박여도 어느새 사라져버릴 테니까요. 나는 메리 카마이클이 옆에 있기라도 한 듯 마음속으로 말을 걸었습니다. 당신이 그걸 해낼 수 있는 유일한 방법은 다른 어떤 것을 이야기하는 것이라고요. 창밖을 계속해서 바라보며, 그렇게 기록을 하되 공책에 연필로 쓰는 것이 아니라 음절도 구분되지 않는 가장 빠른 속기로 올리비아가(수백만 년 동안 암벽의 그늘 아래 있었던 이 생명체가) 자기 몸 위로 빛이 내리쬐는 것을 느낄 때 자기 앞에 낯선 음식, 그러니까 지식과 모험, 예술이 놓이는 것을 바라보는 순간을 기록해야 한다고 말이지요. 나는 다시 책에서 눈을 떼며 생각했습니다. 그녀가 그런 것들을 향해 손을 뻗은 다음에는 다른 목적을 위해 고도로 계발된 그녀의 자원을 완전히 새로운 방식으로 결합하는 법을 고안해야 한다고요. 그리하여 극도로 복잡하고도 정교한 전체의 균형을 깨지 않으면서 새로운 것을 옛것으로 흡수하도록 해야 합니다.

그런데 내가 하지 않겠다고 결심했던 일을 해버렸군요. 무심코 나 자신의 성을 칭찬하고 말았네요. '고도로 계발된'이나 '극도로 복잡한' 같은 표현은 부인할 수 없는 칭찬인데, 자신의 성을 칭찬하는 행위는 의구심을 살 만하고 어리석기까지 하지요. 게다가 이 경우 그 말들이 옳다는 것을 어떻게 보여줄 수 있을까요? 지도가 있는 곳으로 가서 콜럼버스가 아메리카 대륙을 발견했고 콜럼버스가 여자였다고 말할 수는 없습니다. 사과를 가져와서 뉴턴이 만유인력의 법칙을 발견했고 뉴턴이 여자였다고 말할 수도 없고요. 하늘을 올려다보며 머리 위로 비행기가 날아가고 있고 비행기는 여자가 발명했다고 말할 수도 없지요. 여자의 키를 정확히 잴 수 있는 벽 눈금 따위는 없습니다. 어머니의 모성이나 딸의 성심, 자매의 신의, 가정주부의 능력 같은 자질을 잴 수 있는 인치를 더 세밀하게 나눈 야드 자도 없습니다. 지금도 대학에서 수업을 듣고 학점을 받아본 여성은 극히 드뭅니다. 각종 전문 직업과 육군 및 해군, 상업, 정치 그리고 외교에 이르기까지 중대한 시험대에 올라 검증을 거친 여성도 거의 없습니다. 여성은 지금 이 순간까지도 거의 분류되지 않은 채로 남아 있습니다. 그러나 내가 홀리 버츠 경에 대해 알려진 모든 것을 알고자 한다면, 《버크》나 《디브렛》의 책을 펼치기만 하면 됩니다.* 그러면 그가 이러이러한 학위를 받았고, 시골에 대저택을 소유하고 있으며, 상속자를 두었고, 어느 청에서 차관보를 지냈고, 캐나다에서 대영 제국을 대표하여 일했으며, 학위와 관직과 메달을 몇 개나 받았고, 지워지지 않는 인장으로 그의 공훈을 새긴 훈장이 몇 개나 되는지 알 수 있습니다. 홀리 버츠 경에 대해 그보다 더 많은 것을 아는 이는 오로지 하느님뿐일 겁니다.

그러므로 여성을 두고 '고도로 계발된'이니 '극도로 복잡한'이라고 했던 말을, 나는 《휘터커 연감》이나 《디브렛》 또는 《대학교 연감》을 들춰보아서는 입증할 수 없습니다. 이런 곤경에 처했을 때 내가 무엇을 할 수 있을까요? 나는 다시 책장을 보았습니다. 책장에는 전기들이 꽂혀 있었지요. 존슨과 괴테, 칼라일, 스턴, 쿠퍼, 셸리, 볼테르, 브라우닝과 그 외 여러 사람의 전기가 있었습니다. 나는 이런 생각이 떠올랐습니다. 이 모든 위

---

* 《버크》와 《디브렛》은 영국에서 매년 발행하는 귀족 연감이다.

대한 남자들이 이러저러한 이유로 여성을 찬미하고, 여성을 얻고자 하고, 여성과 함께 살고, 여성에게 속마음을 털어놓고, 여성과 사랑을 나누고, 여성에 대해 쓰고, 여성을 신뢰하고, 특정한 이성에 대한 필요와 의존이라고밖에 설명할 수 없는 것들을 드러내보였다고요. 이 모든 관계가 단연 플라토닉하기만 했다고는 말하지 않겠습니다. 윌리엄 조인슨 힉스 경*도 아마 그건 아니라고 할 겁니다. 하지만 이 저명한 남성들이 이러한 관계에서 오직 위안과 달콤한 속삭임과 육체적 쾌락만을 얻었다고 주장한다면, 그들을 부당하게 취급하는 것일 테지요. 그들이 얻은 것은 분명 자신의 성에서는 얻지 못할 어떤 것이었습니다. 나아가 그것은 거의 하나같이 거창한 시적 표현을 인용하지 않아도 어떤 자극이자 오직 이성이라는 선물만이 줄 수 있는 창조력의 부활이라고 정의해도 경솔하지 않을 것입니다. 아마도 그들은 거실이나 아이 방의 문을 열었다가 여성이 아이들에게 둘러싸여 있거나 무릎 위에 수놓을 천을 올

---

* 당시 영국의 내무장관이다.

174

려놓는 모습을, 그밖에 어떤 모습이든 그들과는 다른 삶의 체계와 질서의 중심에 있는 여성을 발견하겠지요. 이러한 여성의 세계와 예컨대 법정이나 하원 같은 자신들의 세계 사이의 대비를 느끼며 이내 다시 생기를 얻고 활력을 되찾을 겁니다. 지극히 단순한 대화에서도 자연스러운 견해 차이가 드러나면서 그의 메마른 머릿속에 새로운 사고들이 움틀 것입니다. 여성이 자신과 다른 매개를 통해 창조하는 모습을 보면 그의 창조력도 되살아나, 그 척박한 마음에서 다시 서서히 이야기를 그려내겠지요. 그녀를 방문하기 위해 모자를 쓸 때면 잘 써지지 않던 구절이나 장면도 생각날 겁니다. 존슨 박사 같은 이에게는 트레일 부인 같은 사람이 있습니다. 이 같은 몇 가지 이유에서 존슨은 트레일에게 집착하는 것입니다. 트레일이 이탈리아인 음악 교사와 결혼할 때 존슨은 분노와 혐오에 휩싸여 거의 미치다시피 했습니다. 그것은 단지 그가 스트리트엄에서 즐거운 저녁 시간을 보내지 못하게 된 것뿐 아니라, 그의 삶을 비추던 빛이 '꺼져버린 듯' 했기 때문입니다.

그리고 존슨 박사나 괴테나 칼라일이나 볼테르가 아

니더라도, 이러한 위인들이 느끼는 것과는 대단히 다르겠지만. 여성들에게 고도로 발달한 이 창조력의 힘과 복잡함이라는 특성을 누구나 느낄 수 있습니다. 한 사람이 방에 들어갑니다. 그러나 여성이 방에 들어갈 때 어떤 일이 일어나는지 말할 수 있으려면, 영어라는 언어 자원이 더 늘어나고 모든 단어가 기존의 틀을 깨고 날아올라 새롭게 태어나야 합니다. 방들은 저마다 매우 다릅니다. 조용한 방도 있고 몹시 요란한 방도 있습니다. 바다를 향해 열려 있을 수도 있고, 반대로 형무소 마당을 접하고 있을 수도 있으며, 빨랫감이 널려 있거나 오팔과 비단으로 화려하게 장식될 수도 있습니다. 말총처럼 뻣뻣하거나 깃털처럼 부드러울 수도 있지요. 어느 거리에 있는 어떤 방이든 들어가기만 하면, 극도로 복잡한 여성성의 힘 전체가 얼굴로 날아들 것입니다. 어떻게 그렇지 않을 수 있겠습니까? 여성은 수백만 년의 시간이 흐르는 내내 방 안에 앉아 있었고, 지금까지 바로 그 벽에 여성의 창조력이 스며들어 있던 것이지요. 그 창조력은 실제로 벽돌과 회반죽으로 수용할 용량을 초과하였기 때문에, 이제 펜과 붓과 사업과 정치로 담아내야 합니다. 그러나 이 창조력은 남성의 창조력과는 크게 다릅니다. 만약 여성의 창조력이 방해받거나 버려진다면, 그것은 유감천만한 일이라고 결론 내려야 합니다. 여성은 수 세기 동안 더없이 혹독한 훈련을 거쳐 창조력을 얻었고, 그것을 대신할 것은 아무것도 없기 때문입니다. 여성이 남성처럼 글을 쓰거나 남성처럼 생활하거나 남성처럼 보인다면 몹시 유감스런 일입니다. 세상의 광대함과 다양함을 고려할 때, 두 가지 성도 극히 부족한데 고작 하나의 성으로 어떻게 세상을 헤쳐나갈 수 있을까요? 교육은 비슷한 점보다 다른 점을 육성하고 강화해야 하지 않을까요? 우리가 모두 너무 많이 닮은 상황에서, 만약 어떤 탐험가가 돌아와 다른 나뭇가지들 사이로 다른 하늘을 바라보는 다른 성들에 대해 들려준다면, 인류에 그보다 더 큰 공헌은 없을 겁니다. 덤으로 우리는 X 교수가 자신의 '우월함'을 증명하기 위해 막대자를 가지러 달려가는 모습을 지켜보는 즐거움도 누릴 수 있을 것입니다.

메리 카마이클은 자신을 단지 관찰자의 위치에 두고 작품을 쓸 거라고, 나는 책을 펼쳐놓고 시선은 여전히 허공에 둔 채로 생각했습니다. 실제로 그녀는 관조적 소설가가 아니라, 나로서는 흥미가 떨어진다고 생각되는 분파인 자연주의 소설가가 되고 싶어 하는 것 같습니다. 그녀가 관찰해야 할 새로운 사실들이 아주 많겠지요. 더는 점잖은 중상류층 집 안에 갇혀 있을 필요도 없을 겁니다. 친절하거나 겸손해할 필요 없이 동료 의식을 가지고 고급 창부와 매춘부, 퍼그 강아지를 안고 있는 부인이 앉아 있는 향수 냄새가 밴 작은 방으로 들어갈 겁니다. 그 방에서 여자들은 여전히 남성 작가들이 우격다짐으로 어깨에 걸쳐놓은 조악한 기성복 옷을 입고 앉아 있습니다. 그러나 메리 카마이클은 가위를 꺼내 그 옷들을 둥근 곳과 모가 난 곳에 맞게 마름질할 것입니다. 때가 되어 이 여성들을 있는 그대로의 모습으로 보는 것은 신기한 광경이겠지만, 우리는 좀 더 기다려야 합니다. 메리 카마이클은 아직 야만적인 성이 남긴 '죄악'이라는 유산 앞에서 자의식으로 방해받을 테니까요. 그녀는 아직 낡고 조악한 계급의 족쇄를 발목에 차고 있을 것입니다.

하지만 여성 대다수는 매춘부도 아니고 고급 창부도

아닙니다. 여름날 오후 내내 먼지 날리는 벨벳 옷을 입고 퍼그 강아지를 끌어안고 앉아 있지도 않습니다. 그러면 그들은 무엇을 할까요? 그러자 내 마음속에 길게 뻗은 거리 하나가 떠올랐습니다. 강의 남쪽 어딘가 무수히 많은 집들이 끝도 없이 늘어선 곳이었지요. 상상 속에서 나는 나이가 아주 많은 부인이 아마도 딸인 듯한 중년 여성의 팔에 의지하여 길을 건너는 모습을 보았습니다. 두 사람 모두 목이 긴 구두를 신고 모피를 두른 단정한 차림이었는데, 그날 오후 그러한 치장은 두 사람에게 분명 하나의 의식이었을 것입니다. 그 옷들은 해마다 여름이면 방충제와 함께 옷장에 들어가겠지요. 해마다 그래왔듯 가로등에 불이 들어올 때(해 질 무렵이 그들이 가장 좋아하는 시간입니다) 두 사람은 길을 건너갑니다. 노부인은 여든이 다 되어 보입니다. 하지만 그녀에게 삶이 무엇을 의미하냐고 묻는다면, 노부인은 발라클라바 전투 때문에 거리에 불이 켜졌던 일이 기억에 남는다거나 에드워드 7세 탄생 기념으로 하이드파크에서 축포 쏘는 소리를 들었던 기억이 난다는 말을 할 겁니다. 그리고 날짜와 계절까지 정확히 알아내려고 1868년 4월 5일이나 1875년 11월 2일에는 무엇을 하고 있었느냐고 묻는다면, 그녀는 가물가물한 표정을 지으며 아무 기억도 나지 않는다고 말할 겁니다. 저녁이나 식사를 준비하고, 접시와 컵을 닦고, 아이들을 학교로 세상으로 내보냈으니까요. 이 모든 일은 아무것도 남기지 않았습니다. 모든 것이 사라져버렸지요. 그런 이야기를 들려줄 전기나 역사도 없습니다. 그리고 소설은 의도하지는 않았지만 불가피하게 거짓말을 하지요.

한없이 묻혀 가는 이 모든 삶이 기록으로 남기를 기다리고 있다고 나는 메리 카마이클이 앞에 있기라도 한 듯 일러주었습니다. 그리고 다시 생각에 빠져들던 거리를 거닐며 상상 속에서 무언의 압력을, 기록되지 않은 채 쌓여 있는 삶을 느낍니다. 그 삶은 통통한 손가락에 반지를 욱여넣은 손으로 허리를 짚고, 거리 모퉁이에서 셰익스피어 연극의 대사를 외듯 요란한 몸짓을 섞어 말하는 여성들의 것인지 모릅니다. 아니면 제비꽃을 파는 여자나 성냥을 파는 여자나 현관 앞에 자리를 잡고 앉은 노파의 것일 수도 있지요. 또는 햇살과 구름이 물결 위로 그림자를 던지듯 남녀가 다가오거나 상점 유리창에 불빛이 깜박거릴 때면 얼굴 위로 그 빛이 아른거리는 떠돌이 소녀들의 것일 수도 있고요. 이 모든 것을 탐험해야 하니 횃불을 단단히 움켜잡아요. 나는 메리 카마이클에게 말했습니다. 가장 먼저 심오하면서 얄팍한 당신의 영혼을, 허영과 관용이 공존하는 영혼을 밝게 비춰내야 합니다. 당신의 아름다움이 또는 당신의 추함이 당신에게 어떤 의미인지 알아야 하며, 인조 대리석 바닥에 옷감 가게들이 늘어선 상가 저 아래쪽 어느 약국의 약병에서 흘러나오는 희미한 냄새 속에서, 장갑과 신발과 온갖 물건들이 위아래로 흔들리는 이 변화무쌍하게 돌아가는 세계가 당신과 어떤 관계에 있는지 말할 수 있어야 합니다. 상상 속에서 나는 한 상점에 들어갔습니다. 바닥은 흑백으로 포장되어 있고, 색색의 리본들이 놀랍도록 아름답게 걸려 있었습니다. 메리 카마이클도 지나가다가 당연히 들여다보았을 것입니다. 그곳은 안데스 산맥의 눈 덮인 정상이나 암석으로 뒤덮인 협곡만큼이나 글로 옮기기에 적합한 모습이었으니까요. 그리고 그곳 카운터 뒤에 소녀가 있었습니다. 나라면 늙은 Z 교수와 그 부류의 사람들이 지금 쓰고 있는 나폴레옹의 150번째 전기나 키츠에 대한 70번째 연구서, 또는 키츠가 밀턴식 도치법을 사용했다는 논문보다는 차라리 이 소녀가 실아온 진솔한 이야기를 쓰겠습니다. 계속해서 나는 아주 조심스럽게 발꿈치를 들고 살금살금 걸으면서(나는 무척 겁이 많은 편이라 언젠가 어깨에 채찍을 맞을 뻔한 적이 있어서 지금도 무섭습니다) 그녀가 남성의 허영심(특성이라고 하면 덜 공격적인 표현이겠지요.)을 쌉쌀해하지 않고 비웃는 법도 배워야 한다고 중얼거렸습니다. 누구나 머리 뒤쪽에 혼자 힘으로는 볼 수 없는 1실링 동전 크기의 반점이 있기 때문이지요. 뒤통수에 있는 그 동전 크기의 반점을 묘사해주는 것은 이성이 이성에게 배풀 수 있는 호의 가운데 하나입니다. 유베날리스*의 논평과 스트린드베리**의 비평이 얼마나 많은 여성에게 도움이 되었는지 생각해보십시오. 인류 초창기부터 남

---

* 1세기경 로마 시인으로 로마 여성의 부도덕성을 신랄하게 풍자했다.

*** 19세기 스웨덴의 시인이자 극작가로 불행한 개인사를 작품에 투사하여 여성 혐오를 역설했다.

자들이 그 어떤 인간애와 뛰어난 재기로 여성들의 머리 뒤쪽 어두운 점을 지적해주었는지 생각해보십시오! 그리고 만약 메리가 매우 용감하고 정직한 성품의 소유자라면, 남성의 뒤쪽으로 가서 그곳에서 본 것을 우리에게 이야기해줄 것입니다. 여성이 동전 크기의 반점을 설명해주기 전까지 남성의 모습을 온전히 담은 진정한 초상화는 결코 완성될 수 없습니다. 우드하우스 씨와 캐서번 씨**는 바로 그 반점의 크기와 성질을 보여주는 인물들입니다. 물론 누구라도 분별 있는 사람이라면 여성에게 비웃고 조롱하는 것을 목표로 삼으라고 조언하지는 않을 것입니다. 문학은 그런 정신으로 쓰인 글이 무익하다는 걸 보여주지요. 우리는 진실해지라고 말합니다. 그러면 결과는 틀림없이 놀랄 만큼 흥미로울 겁니다. 희극은 반드시 풍성해질 겁니다. 새로운 사실들은 어김없이 밝혀질 겁니다.

하지만 다시 시선을 책에 두어야 할 시간이었습니다. 메리 카마이클이 무엇을 쓸 수 있고 또 무엇을 써야

** 조지 엘리엇의 《미들마치》에 나오는 등장인물이다.

하는지 미루어 생각하기보다는 실제로 메리 카마이클이 무엇을 썼는지 보는 편이 나을 것 같았습니다. 그래서 다시 책을 읽기 시작했습니다. 나는 그녀에게 어떤 불만이 있었다는 사실이 떠올랐습니다. 그녀가 제인 오스틴의 문장을 박차고 나와 버렸고, 그리하여 흠잡을 데 없는 내 취향과 까다로운 귀를 자랑할 기회를 주지 않았던 것이지요. 제인 오스틴과 닮은 점이 전혀 없다고 인정해야 하는 마당에 "네, 그래요. 아주 좋아요. 하지만 제인 오스틴이 당신보다 훨씬 더 잘 썼어요"라고 말하는 건 쓸데없는 짓일 테니까요. 그리고 그녀는 더 나아가 연속성, 즉 독자가 예상하는 사건의 순서를 깨뜨렸습니다. 아마도 무의식적 행동이었을 겁니다. 여성답게 글을 쓰는 여성이라면 그러하듯이, 그저 사물에 본연의 질서를 부여한 것인지도 모르지요. 하지만 그 결과는 다소 당황스러웠습니다. 파도가 점점 높이 몰아치는 것도, 다음 모퉁이를 돌아 위기가 몰려오는 것도 볼 수 없었으니까요. 그러므로 나는 내 감정의 깊이에 대해서도 인간의 감정을 이해하는 지식의 깊이에 대해서도 자랑할 수 없었습니다. 내가 일상적인 공간에서 일상적인 것을, 사랑과 죽음을 느끼려 할 때마다 이 성가신 작가는 마치 중요한 장면은 조금 더 읽어야 나온다는 듯 나를 끌어당겼습니다. 그런 식으로 그녀는 내가 '본질적인 감정'과 '인간성의 공통 요소', '인간 감정의 깊이'에 관하여 마음을 울리는 문구들을 내어놓지 못하도록 가로막았고, 인간이 겉으로 아무리 영악해도 내면은 매우 진지하고 심오하며 인간적이라는 우리의 믿음을 뒷받침하는 글귀들도 생각하지 못하게 방해했습니다. 반대로 그녀는 사람이 진지하고 심오하고 인간적인 것이 아니라(참으로 끌리지 않는 생각이지만) 단지 나태한 정신을 지니고 또한 인습에 얽매인 것뿐인지도 모른다고 생각하게 만들었습니다.

하지만 계속 글을 읽다보니 다른 사실들이 눈에 들어왔습니다. 메리 카마이클은 전혀 '천재'가 아니었고, 그 점은 분명했습니다. 그녀에게는 위대한 선배들, 즉 윈칠시 부인과 샬럿 브론테, 에밀리 브론테, 제인 오스틴, 조지 엘리엇이 보여준 자연에 대한 사랑이나 타오르는 상상력, 거침없는 시상, 빛나는 재기, 사색하는 지혜 같은 것이 없었습니다. 그녀는 도로시 오즈번처럼 운율과 위엄이 깃든 글은 쓸 수 없었지요. 실제로 그녀는 그저 영리한 소녀에 불과했습니다. 분명 그녀가 쓴 책도 10년 뒤에는 어느 출판업자의 손에서 재생지로 사용될 것입니다. 그럼에도 메리 카마이클은 훨씬 뛰어난 재능을 지닌 여성들이 반세기 전만 해도 누리지 못했던 어떤 이점을 가지고 있었습니다. 그녀에게 남성은 더는 '반대파'가 아니었던 겁니다. 그녀는 남성들을 비난하느라 시간을 낭비할 필요가 없었지요. 지붕 위로 올라가 자신에게 허용되지 않는 여행과 경험과 세상에 대한 지식과 다양한 성격의 사람들을 갈망하며 마음의 평화를 깨뜨릴 필요가 없는 것입니다. 두려움과 증오는 거의 사라졌습니다. 다만 자유의 기쁨을 조금 과장하거나, 남성을 낭만적으로 대하기보다 신랄하고 풍자적 태도로 대할 때 그 흔적이 보이곤 했지요. 그렇다면 소설가로서 메리 카마이클이 상당한 수준의 자연스러운 이점을 누렸다는 것은 의심의 여지가 없습니다. 그녀는 매우 폭넓고 열성적이며 자유로운 감수성을 지니고 있었습니다. 그녀의 감수성은 거의 감지하기 힘들 정도로 가벼운 접촉에도 반응했지요. 그리고 야외에 새로 심은 화초처럼 보이고 들리는 모든 것을 마음껏 즐겼습니다. 또 거의 알려지지 않고 기록되지 않은 것들 사이를 아주 섬세하게 꼼꼼히 돌아다녔습니다. 그 감수성은 작은 것들에 불을 비추어 결국 그것들이 작지 않을지도 모른다는 사실을 보여주었습니다. 묻혀 있던 것을 조망하여 사람들이 그것을 묻어둘 필요가 있었는지 궁금하게 만들었지요. 비록 그녀는 서툴렀고, 새커리나 램 같은 인물이 잠깐만 펜을 굴려도 귀에 듣기 좋은 작품을 만들어냈던 오랜 문학적 혈통과는 아무런 관련도 없지만, 나는 그런 생각이 들었습니다. 그녀가 가장 중요한 교훈을 익혔다고요. 메리 카마이클은 여성으로서, 그러나 자신이 여성이라는 사실을 잊은 여성으로서 글을 썼습니다. 그 덕분에 그녀의 책에는 성을 그 자체로 의식하지 않을 때에만 찾아드는 색다른 성적 특질이 가득 차 있습니다.

이 모든 게 환영할 만한 일입니다. 그러나 일시적이고 개인적인 것에서 벗어나 무너지지 않고 영구히 존속될 건축물을 짓지 못한다면, 감각이 풍부하고 지각이 섬세해도 소용이 없습니다. 앞서 나는 그녀가 스스로

187

'어떤 상황'을 마주할 때까지 기다리겠다고 말했었지요. 그 말은 그녀가 부르고 손짓하고 한데 모으는 행위를 통해 자신이 단지 겉만 훑어본 것이 아니라 내면 깊은 곳까지 늘어나보았다고 입증할 때까지 기다린다는 의미였습니다. 어느 순간 그녀는 자기 자신에게 말하겠지요. 이제 과격한 일을 벌이지 않아도 이 모든 것의 의미를 보여줄 수 있는 때가 되었다고 말입니다. 그리고 그녀가 손짓하며 부르기 시작하면(얼마나 활기찬 모습인지!) 다른 장에서 넌지시 암시했던 아주 사소한 것들, 거의 잊힌 것들이 떠오를 겁니다. 그리고 그녀는 그 사소한 것들의 존재를, 사람들이 바느질을 하거나 파이프 담배를 피우는 동안 될 수 있는 한 자연스레 느끼도록 만들 것입니다. 그녀가 계속 글을 써나가는 동안 우리는 세상의 정상에 올라 저 아래 매우 장엄하게 펼쳐진 세상을 내려다보는 듯한 기분을 느낄 것입니다.

어쨌든 그녀는 시도를 하고 있었습니다. 그리고 그녀가 시험을 치르듯 글을 계속해서 써나가는 것을 지켜보면서, 나는 주교와 학장, 박사와 교수, 원로와 현학자들이 달려들어 그녀에게 경고와 충고의 말을 외쳐대

는 모습을 보았지만, 그녀만은 그 모습을 보지 않기를
바랐습니다. 당신은 이런 건 할 수 없고, 저것도 하면
안 돼! 잔디밭에 들어가도 되는 사람은 연구원과 학자
뿐이야! 여자는 소개장 없이는 들어올 수 없어! 성공하
고 싶은 우아한 여류 소설가는 이쪽으로 오시오! 이렇
게 그들은 경마장 장애물 울타리 앞에 모여든 군중처
럼 계속 그녀에게 소리를 질렀고, 좌우를 두리번거리
지 않고 자신의 장애물을 뛰어넘는 것이 그녀가 치러
야 할 시험이었습니다. 욕이라도 퍼부으려고 멈춰 서
면 지는 거예요. 나는 그녀에게 말했습니다. 웃음이 나
온다고 멈춰 서도 마찬가지고요. 망설이거나 어설프게
굴면 당신은 끝장이에요. 오직 뛰어넘는 것만 생각해
요. 나는 그녀의 등에 내 전 재산을 건 것처럼 애원했
습니다. 그녀는 한 마리 새처럼 장애물을 넘었지요. 그
러나 그 너머에 또 다른 장애물이, 그 너머에는 또 다
른 장애물이 있었습니다. 그녀에게 버틸 힘이 있을지
확신이 서지 않았습니다. 박수 소리와 고함 소리에 신
경이 날카로워지고 있었거든요. 하지만 그녀는 최선을
다했습니다. 메리 카마이클이 천재가 아니라, 침실 겸

용 거실에서 이제 첫 소설을 쓰고 있는 이름 없는 소녀
라는 사실과 게다가 돈과 시간, 여유 같은 바람직한 여
건도 충분히 마련되지 않은 상황을 감안하면, 썩 나쁘
지는 않다고 생각합니다.

그녀에게 100년의 시간을 주자고, 나는 책의 마지막
장을 읽으며 결론 내렸습니다(사람들의 코와 맨 어깨가
별이 총총한 하늘 아래 훤히 드러났습니다. 누군가 응접실
커튼을 걷어 젖혔거든요). 그녀에게 자기만의 방과 연간
500파운드를 주고, 마음속 이야기를 할 수 있도록 해주
자고, 그리고 지금 쓰는 글은 반쯤 덜어내도 내버려 두
자고요. 그러면 그녀는 머지않아 더 나은 책을 쓸 거라
고 말입니다. 나는 메리 카마이클이 쓴 《생의 모험》을
서가 맨 끝에 꽂으며 말했습니다. 100년 뒤에 그녀는
시인이 될 거라고요.

6

　다음 날, 10월의 아침 햇살이 커튼을 치지 않은 창으로 들어와 뿌연 먼지 기둥을 만들며 바닥으로 떨어졌고, 거리에는 차들이 오가는 소리가 들렸습니다. 이제 런던은 다시 서서히 활동에 들어가고 있었습니다. 공장이 활기를 띠며 기계들이 움직이기 시작했지요. 앞서 여러 책을 읽고 난 뒤, 창밖을 내다보며 1928년 10월 26일 아침에 런던은 무엇을 하고 있는지 보고 싶어졌습니다. 런던은 무엇을 하고 있었을까요?《안토니우스와 클레오파트라》를 읽는 사람은 아무도 없는 것 같습니다. 런던은 셰익스피어의 희곡에는 전혀 관심이 없는 듯 보였지요. 누구 하나 소설의 미래나 시의 죽음, 또는 평범한 여성이 자신의 마음을 온전히 표현할 수 있는 산문체를 발달시키고 있다는 사실 따위에 털끝만큼도 신경 쓰지 않았습니다(그들을 비난하는 것은 아닙니다). 이런 문제에 대한 견해를 보도 위에 분필로 써놓는다 해도 허리를 굽혀 그 글을 읽을 사람은 아무도 없을 겁니다. 무관심하고 분주하게 지나치는 발걸음에 밟혀 글씨는 30분 만에 지워져 버리겠지요. 여기 심부름하는 소년이 다가왔습니다. 개에 목줄을 채워 데리고 나온 여자도 있군요. 런던 거리의 매력은 서로 비슷해 보이는 사람이 한 명도 없다는 사실입니다. 사람들은 저마다 자신의 개인적 일에 얽매인 듯 보였습니다. 작은 가방을 든 사업가처럼 보이는 사람들도 있었습니다. 철책을 막대기로 달가닥거리는 부랑자들도 있고, 거리를 사교장쯤으로 여기는 듯 마차를 탄 사람들을 큰 소리로 부르며 묻지도 않은 소식을 알려주는 붙임성 좋은 사람들도 있었지요. 또 장례 행렬도 지나갔습니다. 그러면 문득 자신의 육신도 소멸하리라는 사실을 깨달은 남자들이 모자를 들어 올려 조의를 표했지요. 그리고 지체 높은 신사 한 분은 천천히 현관 계단을 내려오다가 급하게 걷던 한 부인과 부딪치지 않으려고 잠시 멈춰 섰습니다. 그 부인은 어떻게 장만했는지 화려한 모피 코트를 입고 파르마 제비꽃 한 다발을 들고 있었습니다. 이들 모두는 서로 고립되어 오직 자기 자신과 자신의 일에만 몰두하고 있는 듯 보였습니다.

바로 그 순간, 런던에서 드물지 않게 일어나는 일이긴 합니다만, 통행의 완전한 소강상태가 찾아왔습니다. 거리로 무엇 하나 나오지 않았고, 지나가는 사람도 아무도 없었어요. 길 끝에 선 플라타너스에서 이파리 하나가 떨어져 그 정지와 휴지 속으로 내려앉았지요. 어쩐지 그 모습이 어떤 신호처럼 보이더군요. 지금까지 대수롭지 않게 여긴 것들 안에 깃든 힘을 가리키는 신호 같았지요. 보트에 탄 대학생과 낙엽을 싣고 흐르던 옥스브리지의 강처럼, 거리를 따라 모퉁이를 돌고 보이지 않게 흐르면서 사람들을 싣고 그들과 함께 소용돌이치는 강을 가리키는 것 같았습니다. 이제 그 흐름은 길 한쪽에서 대각선 방향을 향해 에나멜가죽 부츠를 신은 한 소녀를, 그리고 뒤이어 밤색 외투를 입은 젊은 청년까지 싣고 갔습니다. 또 택시도 싣고 갔지요. 그리고 이 셋은 내 방 창문 바로 아래에서 한자리에 모였습니다. 그곳에서 택시가 멈춰 섰습니다. 소녀와 청년도 멈추었지요. 두 사람은 택시를 탔습니다. 그러자 택시는 마치 이 흐름에 실려 또 다른 곳으로 휩쓸리듯이 미끄러져 갔습니다.

지극히 일상적 광경이었지요. 이상한 점은 내가 상상 속에서 그 광경에 경쾌한 질서를 부여한 사실과 두 사람이 택시를 타는 저 일상적 광경이 겉보기에는 그들의 만족감 같은 것을 전달하는 힘을 지녔다는 사실입니다. 나는 택시가 방향을 돌려 이내 사라지는 것을 지켜보면서 두 사람이 거리를 내려와 길모퉁이에서 만나는 광경에 마음의 긴장이 풀어지는 것 같았습니다. 어쩌면 내가 지난 이틀 동안 생각한 방식대로, 한 성을 다른 성과 별개의 존재로 생각하는 것은 꽤 많은 노력이 필요한 일인지도 모릅니다. 그런 생각은 마음의 일체감을 방해하지요. 지금은 그런 노력을 그만두었고, 두 사람이 만나 함께 택시를 타는 모습을 본 뒤로 마음의 일체감도 되찾았습니다. 마음이란 확실히 매우 신

194

비로운 기관이라고 나는 창밖으로 내밀었던 고개를 집어넣으며 곰곰이 생각했습니다. 우리는 마음에 대해 아는 게 전혀 없으면서도 전적으로 마음에 기대지요. 명백한 원인이 있을 때 몸이 긴장하는 것처럼, 왜 마음에도 단절과 대립이 있다고 느끼는 걸까요? '마음의 일체감'이란 무엇을 의미할까요? 나는 곰곰이 생각했습니다. 분명 마음은 언제 어디서든 집중할 수 있는 대단한 능력이 있는 만큼 단일한 상태로 존재하지는 않을 듯합니다. 예를 들어 마음은 거리의 사람들과 자기 자신을 분리시킬 수 있고, 사람들과 따로 떨어져 혼자 생각할 수 있고, 2층 창문으로 사람들을 내려다볼 수 있겠지요. 혹은 자발적으로 다른 사람들과 더불어 생각할 수도 있습니다. 예컨대 군중에 묻혀 새로 발표되는 소식을 들으려고 기다릴 때처럼 말입니다. 아버지를 통해 또는 어머니를 통해 과거를 되돌아볼 수도 있을 테고요. 앞에서 글을 쓰는 여성은 자신의 어머니를 통해 과거를 거슬러 올라간다고 이야기한 것처럼 말입니다. 여성이라면 또한 갑작스러운 의식에 균열이 생기며 놀랄 일이 빈번합니다. 이를테면 화이트홀*을 따라 걸으면서, 자신이 그 문명의 당연한 계승자가 아니라 반대로 문명의 바깥쪽에 선 이질적이고 비판적 존재임을 깨달을 때 그렇습니다. 분명히 마음은 항상 초점을 바꾸면서 세상을 다양한 관점에서 보게 합니다. 하지만 어떤 마음의 상태는 비록 자발적 선택이라고 해도 다른 마음 상태보다 불편하게 느껴질 때도 있습니다. 불편한 마음 상태를 지속하려다 보면 무의식적으로 다른 것을 억누르게 되고, 그러한 억압은 점점 더 힘든 노력을 요합니다. 하지만 아무것도 억누를 필요가 없기 때문에 힘든 노력을 들이지 않아도 지속할 수 있는 마음 상태가 있을지 모릅니다. 아마 지금이 그런 마음일 거라고, 나는 창 앞을 물러나며 생각했습니다. 확실히 두 사람이 택시를 타는 모습을 보았을 때, 마음이 분열되어 있다가 다시 하나로 자연스럽게 융합되는 것 같았거든요. 여성과 남성이 협력하는 것은 자연스러운 이치라는 명백한 사실 때문이겠지요. 사람에게는 여성과 남성의 결합을 통해 가장 큰 만족과 더없이 완벽한

---

* 영국 국회의사당에서 트래펄가 광장까지 통하는 런던 중심가로 관공서가 밀집한 지역이다.

행복에 이를 수 있다는 이론에 동조하려는, 비이성적이지만 뿌리 깊은 본능이 있습니다. 그러나 두 사람이 함께 택시를 타는 모습을 보고 만족감을 느끼면서, 나는 다시 자문했습니다. 육체에 두 가지 성이 있듯이 마음에도 두 가지 성이 있고, 완벽한 만족과 행복을 얻으려면 마음의 두 성도 결합해야 할까요? 계속해서 나는 서툴지만 영혼의 도면을 그려보았습니다. 한 사람의 내면을 남성과 여성이라는 두 힘이 관장하도록 말이지요. 또 남성의 뇌에서는 남성의 힘이 여성보다 우세하고, 여성의 뇌에서는 여성의 힘이 남성보다 우세합니다. 정상적이고 편안한 상태는 이 두 힘이 화합을 이루며 공존하고 정신적으로 협력할 때입니다. 남성은 뇌의 여성 영역이 기능해야 하고, 여성 역시 자기 안의 남성과 소통해야 하지요. 콜리지*도 아마 이런 뜻에서 위대한 마음은 양성적이라고 말했을 겁니다. 이런 융합이 일어날 때 마음은 더없이 풍요로워지고 능력을 남김없이 발휘할 수 있습니다. 아마도 순전히 남성적이

---

* 영국의 시인이자 평론가다.

기만 한 마음은 창조적일 수 없을 거라고 나는 생각했습니다. 순전히 여성적이기만 한 마음처럼 말이지요. 하지만 잠시 멈추고 책 한두 권을 보면서 여성적 남성이란, 또 반대로 남성적 여성이란 무엇을 의미하는지 확인해보는 것이 좋을 것 같습니다.

콜리지가 위대한 마음은 양성적이라고 말했을 때, 여성에게 특별히 연민을 느끼는 마음을 의미한 것은 아니었습니다. 여성들의 대의에 가담하거나 그 주장에 헌신하는 마음을 뜻하는 것은 분명 아니었지요. 어쩌면 양성적인 마음은 한 가지 성의 마음보다 이런 성적 차이를 잘 구분하지 못할지도 모릅니다. 아마 콜리지가 의미한 양성적인 마음이란 공명하며 스며드는 마음이었을 겁니다. 거슬림 없이 감정을 전달하고, 있는 그대로 창조적이며, 눈부신 빛을 발하고, 조각나지 않은 온전한 마음이라는 뜻이었을 겁니다. 사실 우리는 셰익스피어에게로 거슬러 올라가 양성적인 마음, 즉 여성적 남성이 지닌 마음의 유형을 볼 수 있습니다. 비록 셰익스피어가 여성을 어떻게 생각했는지는 알 수 없지만 말이지요. 그리고 정말로 성을 특별하거나 별개의 것으로 여기지 않는 것이 완전히 성숙한 마음의 징표라면, 성숙한 마음에 이르기가 과거 어느 때보다도 어려워진 요즘입니다. 여기서 나는 현존 작가들의 책이 있는 곳에 멈춰 서서, 오랫동안 나를 혼란스럽게 했던 어떤 근저에 바로 이런 사실이 자리하고 있는 것은 아닌지 생각했습니다. 지금처럼 듣기에 거북할 정도로 성을 의식한 시대는 없었을 것입니다. 대영 박물관에 소장된 남성이 여성에 관해 쓴 그 무수한 책이 바로 그 증거입니다. 이러한 상황이 오기까지 그 책임을 묻자면 가장 먼저 참정권 운동을 들 수 있을 겁니다. 남성들이 자기 권리를 과시하려는 욕구가 어느 때보다 자극을 받았겠지요. 참정권 운동이라는 도전을 받지 않았다면 굳이 생각해보지 않았을 자신들의 성과 그 특징을 강조하지 않을 수 없었을 테고요. 그리고 도전을 받은 이상, 상대가 검은 보닛을 쓴 여성 몇 명에 불과할지라도 보복을 합니다. 그전에 한 번도 도전을 받아본 적이 없는 사람일수록 오히려 더 무참하게 앙갚음하기 마련이지요. 어쩌면 그러한 사실이 내가 이 책에서 찾았던 것으로 기억하는 몇 가지 특징을 설명해줄지 모른다고 생각하면서, 나는 인생의 전성기에서 비평가들에게도 매우 좋은 평가를 받은 A씨의 신간 소설을 꺼냈습니다. 나는 책을 펼쳤습니다. 실제로 남성 작가의 글을 다시 읽는 일은 즐거웠습니다. 여성들의 글을 읽은 뒤에 보니 문장이 아주 직설적이고 솔직하더군요. 그만큼 자유로운 마음과 속박 없는 몸과 자신감으로 가득 찬 내면을 보여주는 것이지요. 한 번도 방해를 받거나 반대에 부딪친 적 없고, 태어날 때부터 어떤 방향으로든 뻗어나갈 완전한 자유를 부여받았으며, 풍부한 영양을 섭취하고 훌륭한 교육을 받은 이 자유로운 마음의 존재 안에서 물질적 행복이 느껴졌습니다. 이 모든 것이 감탄스러웠습니다. 하지만 한두 장(章)을 읽고 나니 페이지 위로 어떤 그림자가 드리워지는 것처럼 보였습니다. 일직선의 검은 막대기처럼 생긴 그것은 'I'자 모양의 그림자였지요. 몸을 이리저리 옮기며 그림자 뒤에 있는 풍경을 보려고 흘긋거렸습니다. 그림자 뒤쪽 풍경이 실제로 나무였는지 아니면 걸어가는 여성이었는지 확신이 서지 않았습니다. 되돌아보면 언제나 'I'라는 글자가 나를 맞아주었습니다. 나는 'I'를 보는 일이 피곤해지기 시작했습니다. 이 'I'가 더없이 존경스러운 'I'가 아니라서, 정직하고 논리적인 'I'가 아니라서, 견과처럼 단단한 'I'가 아니라서, 수백 년 동안 풍부한 영양과 훌륭한 교육으로 갈고닦은 'I'가 아니라서 그런 것은 아니었습니다. 나는 진심으로 저 'I'를 존중하고 존경합니다. 하지만(여기서 나는 이러저러한 것들을 찾아 책장을 한두 장 넘겼습니다) 가장 곤란한 일은 'I'라는 글자의 그림자 안에서 모든 것이 형체를 잃고 안개처럼 사라진다는 것입니다. 저건 나무일까요? 아니, 여자로군요. 하지만…… 여자의 몸속에 뼈가 없잖아. 나는 해변을 가로질러 다가오는 피비(이름이 피비였지요)를 지켜보며 생각했습니다. 그때 앨런이 일어나더니, 앨런의 그림자가 순식간에 피비의 흔적을 지워버렸습니다. 앨런은 자기만의 견해가 있었기에 피비는 홍수처럼 밀려드는 그의 견해 속에 잠겨버린 것이지요. 그리고 앨런은 열정도 가진 듯했습니다. 여기서 나는 위기가 다가오고 있다는 느낌에 책장을 빠르게 넘겼고, 정말 위기가 왔습니다. 햇볕이 내리쬐는 해변에서 일어났지요. 그 일은 아주 공공연하게 일어났습니다. 매우 격렬하게 일어났지요. 그보다 더 외설적인 일은 없었을 것입니다. 하지만…… 나는 '하지만'을 너무 자주 썼군요. '하지만'이라는 말만 계속할 수는 없지요. 어떻게든 문장을 끝맺어야 한다고 스스로 꾸짖었습니다. "하지만…… 지루해!"라고 할까요? 하지만 나는 왜 지루했을까요? 한편으로는 'I'라는 글자가 페이지를 장악하면서, 커다란 너도밤나무처럼 자기 그림자 아래 메마른 기운을 드리웠기 때문이지요. 그 그림자 아래서는 아무것도 자라나지 못할 테니까요. 또 한편으로는 조금 분명치 않은 이유가 있습니다. A씨의 마음속에는 창조적 에너지가 솟아나는 원천을 차단하고 좁은 한계를 넘지 못하게 가로막고 있는 어떤 장애물이 있는 듯했습니다. 그리고 옥스브리지에서 열린 오찬 모임과 담뱃재, 맹크스 고양이, 테니슨 그리고 크리스티나 로제티를 한 묶음으로 떠올려보니, 장애물은 거기에 있는 것 같기도 했습니다. 피비가 해변을 가로질러 올 때 앨런은 "문 앞의 시계꽃에서, 찬란한 눈물이 떨어졌네"라고 읊조리지 않고, 피비는 "내 마음은 한 마리 노래하는 새와 같네. 물 먹은 어린 나뭇가지에 둥지를 튼 새라네"라고 답하지 않으니, 앨런이 다가와 무엇을 할 수 있을까요? 한낮처럼 정직하고 태양처럼 논리적인 그가 할 수 있는 일은 오직 하나입니다. 그리고 그 일을 하지요. 정당하게 평가하자면 하고, 또 하고(나는 책장을 계속해서 넘기며 말했습니다), 계속 반복합니다. 그리고 이런 고백이 곤란할 수 있다는 걸 알지만 덧붙여 말하면, 어쩐지 지루했습니다. 셰익스피어의 외설은 우리의 마음에서 수천 가지 것들을 뿌리째 뒤흔들어놓기 때문에 전혀 지루하지 않습니다. 셰익스피어는 재미를 위해서 그렇게 하지요. A씨는 유모들이 말하는 식으로 하면 일부러 그렇게 합니다. 항의를 하고자 그런 일을 하지요. A씨는 자기 성의 우월성을 주장하는 방식으로 여성의 평등에 맞서 항의합니다. 그리하여 그는 방해받고 억제되고 자의식적입니다. 셰익스피어도 클러프 양*이나 데이비스 양을 알았더라면 그러했을 것입니다. 여성 운동이 19세기가 아니라 16세기에 시작되었다면 의심할 바 없이 엘리자베스 시대의 문학은 지금의 모습과 전

---

* 영국의 교육 운동가로 케임브리지의 뉴넘대학 학장이었다.

혀 달랐을 겁니다.

마음의 두 측면에 관한 이 이론이 유효하다면, 남성적 힘이 자의식적이 되었다는 결론을 내릴 수 있습니다. 다시 말해서, 이제 남성은 뇌의 남성적 측면으로만 글을 쓰는 것이지요. 여성이 그런 글을 읽는 것은 무의미합니다. 여성들이 찾는 내용은 그런 책에서는 발견하지 못할 테니까요. 그들에게 가장 부족한 건 바로 연상을 이끌어내는 힘이라고, 나는 비평가 B씨의 책을 꺼내들고 시의 기법에 관한 그의 논평을 매우 꼼꼼하고 충실하게 읽으며 생각했습니다. 그의 글은 재기 넘치고 예리하며 풍부한 식견을 자랑했지만, 문제는 비평가의 감정이 서로 소통을 하지 않는다는 점이었습니다. 그의 마음은 조각나서 각각 다른 방에 들어가 있는 듯했고, 방들 사이로 소리 한 자락 오가지 않았지요. 따라서 B씨의 문장 하나를 마음속에 떠올리면 그 문장은 바닥으로 툭 떨어집니다. 죽은 채로요. 하지만 콜리지의 문장을 떠올리면, 그 문장은 폭발하면서 온갖 종류의 다른 생각들을 낳습니다. 영원한 생명의 비밀을 가졌다고 말할 수 있는 글이란 바로 그런 종류의 글입니다.

이유가 무엇이든 우리는 이러한 사실에 개탄해야 합니다. 왜냐하면(여기서 나는 골즈워디 씨와 키플링 씨의 책이 몇 칸으로 늘어선 곳에 이르렀습니다) 우리 시대 가장 위대한 현존 작가들의 가장 훌륭한 작품 일부를 모르고 지나칠 수도 있기 때문입니다. 여성은 아무리 노력해도 비평가가 그 작품 안에 있다고 장담한 영원한 생명의 원천을 찾지 못할 겁니다. 그런 작품들은 남성의 미덕을 찬양하고, 남성의 가치를 강요하며, 남성의 세계를 묘사할 뿐 아니라, 작품에 스며든 감정도 여성이 이해하기 힘든 것이기 때문입니다. 시작됐다고, 점점 고조된다고, 머릿속에서 막 터지려고 한다고 사람들은 작품이 끝나기도 한참 전부터 말하기 시작합니다. 저 그림은 늙은 졸리온*의 머리 위로 떨어질 겁니다. 졸리온은 그 충격으로 죽을 것이고, 나이 든 서기가 두세 마디 써서 부고 기사를 내보내겠지요. 템스 강의 백조들은 일제히 노래하기 시작할 겁니다. 하지만 그런 일이 벌어지기 전에 여성은 구스베리 숲으로 달아

---

* 존 골즈워디의 연작 소설 《포사이트 가 이야기(The Forsyte Saga)》의 등장인물이다.

나서 나무 뒤에 숨어버릴 테지요. 남성에게는 그토록 깊고 섬세하며 상징적인 감정이더라도 여성은 의아해 할 수 있거든요. 키플링 씨의 '등'을 돌린 장교들도, 그의 '씨'뿌리는 '파종자들'들도, 홀로 자신만의 '작업'에 몰두하는 '남자'들도, 그리고 '깃발'도 똑같습니다. 여성들은 이렇게 강조된 글자만 보아도 남자들만의 질편한 술판을 엿보다 들킨 것처럼 얼굴을 붉히지요. 사실 골즈워디 씨나 키플링 씨는 내면에 여성적 감정의 불꽃이 없었던 것입니다. 여성의 눈으로 일반화하여 말하자면, 그들의 모든 자질은 거칠고 미숙합니다. 그들에게는 연상의 힘이 부족합니다. 책이 연상의 힘이 없으면, 제아무리 세차게 마음의 벽을 두드려도 마음속으로 침투해 들어갈 수 없습니다.

초조한 기분으로 책을 꺼냈다가 보지도 않고 다시 꽂아 넣으며, 나는 미래에 자기주장만 내세우는 순전한 남성성의 시대가 온다고 상상해보았습니다. 교수들의 편지, 예를 들어 월터 롤리 경*의 편지에서 예견

---

* 영국의 군인이자 시인, 산문 작가다.

되었고, 이탈리아의 통치자들이 이미 탄생시킨 것과 같은 시대 말입니다. 로마에서 노골적인 남성성을 느끼지 못하는 사람은 거의 없을 테니까요. 그리고 노골적인 남성성이 국가적으로 어떤 가치를 지니든 간에, 우리는 그것이 시의 기법에 어떤 영향을 미치는지 질문을 던질 수 있습니다. 어쨌든 신문 보도에 따르면, 이탈리아에서는 소설에 대한 어떤 불안감이 감돌고 있다고 합니다. "이탈리아 소설의 발전"을 목적으로 학술회의가 열리기도 했다지요. 최근에는 "명문가 출신과 금융, 산업, 파시스트 단체의 저명인사들"이 모여서 그 문제를 논의했고, 총통에게 "파시즘의 시대는 머지않아 그 가치에 어울리는 시인을 낳을 것"이라는 희망을 담은 전보를 보냈다고 합니다. 우리 모두가 그 비현실적 희망에 동참할 수도 있겠지만, 인큐베이터가 시를 낳을 수 있을지는 의심스럽습니다. 시는 어머니뿐 아니라 아버지도 있어야 합니다. 파시즘의 시는 두려운 이야기지만 어느 시골 마을 박물관에 전시된 유리 항아리에서 볼 수 있는 작고 끔찍한 유산된 태아와 같을 겁니다. 그런 괴물은 결코 오래 살지 못한다고 합니다. 그런 비범한 괴물이 들판에서 풀을 뜯는 모습은 한 번도 본 적이 없습니다. 몸 하나에 머리가 둘이나 달렸다면 수명이 길 수 없지요.

하지만 굳이 책임을 따져 묻는다면, 이 모든 상황이 전부 어느 한 성만의 잘못이라고 할 수는 없습니다. 유혹의 말을 던지는 사람이나 개혁을 주창하는 사람 모두 책임이 있지요. 그랜빌 경에게 거짓을 말한 베스버러 부인도, 그레그 씨에게 진실을 말한 데이비스 양도 책임이 있는 것입니다. 성을 의식하도록 만든 사람들 모두에게 책임이 있습니다. 그리고 내가 책을 통해 재능을 펼치고자 했을 때, 그 책을 데이비스 양과 클러프 양이 태어나기 이전의 행복했던 시대, 즉 작가가 마음의 두 성을 동일하게 사용했던 시대에서 찾도록 한 것도 바로 그들입니다. 그렇다면 우리는 셰익스피어에게로 돌아가야 합니다. 셰익스피어는 양성의 마음을 갖고 있었으니까요. 키츠와 스턴, 쿠퍼, 램과, 콜리지도 그러했습니다. 셸리는 어쩌면 무성적이었을 겁니다. 밀턴과 벤 존슨은 내면에 남성적 기질이 너무 강했지요. 워즈워스와 톨스토이도 마찬가지였고요. 우리 시대에는 프루스트가 온전히 양성적 마음을 가지고 있었습니다. 어쩌면 여성성이 조금 더 많았다고 할 수도 있겠지요. 그러나 그런 결함은 매우 희귀한 것이어서 불평할 수가 없습니다. 그런 종류의 섞임이 없다면 지성만 과해져서 마음의 다른 재능들은 무감각해지고 황폐해지겠지요. 하지만 나는 이런 시기가 일시적 국면일 거라고 스스로 위로했습니다. 여러분에게 내 생각의 흐름을 보여주겠다는 약속에 따라 지금껏 이야기한 많은 부분이 구시대의 이야기로 보일 겁니다. 내 눈에는 불꽃을 일으키는 많은 것이 아직 성년이 되지 않은 여러분에게는 떨떠름해 보일 수 있습니다.

그렇다 하더라도 내가 여기에 쓰게 될 첫 문장은 글을 쓰는 사람은 누구든 자신의 성을 생각하면 치명적이라는 것입니다. 나는 책상으로 다가가서 '여성과 소설'이라는 제목이 적힌 종이를 들추었습니다. 순전한 남성 또는 순전한 여성이 되는 것은 치명적입니다. 남성적 여성이 되거나 여성적 남성이 되어야 합니다. 여성이 어떤 고충을 조금이라도 강조하거나, 정당하더라도 어떤 대의를 탄원하거나, 어떤 식으로든 여성으로

209

서 의식을 가지고 말하는 것은 치명적인 일입니다. 그리고 치명적이라는 말은 비유적 표현이 아닙니다. 그런 편향된 의식을 가지고 쓰인 글은 결국 살아남지 못하니까요. 그런 글은 비옥해질 수 없지요. 하루 이틀은 탁월하고 유용하며 힘차고 노련해 보일지 모르지만, 해 질 무렵이면 시들어버리고 맙니다. 그런 글은 다른 사람의 마음속에서 자라날 수 없습니다. 창조라는 예술이 이루어질 수 있으려면 마음속의 여성성과 남성성이 협력해야만 합니다. 반대되는 두 성이 결혼하여 첫날밤을 치러야 하는 것이지요. 작가가 자신의 경험을 온전하고 충실하게 전달하고 있다는 인상을 주려면, 온 마음이 활짝 열려 있어야 합니다. 자유가 있어야 하고, 평화가 있어야 합니다. 바퀴 한 개도 불빛 하나도 삐걱거리거나 깜박거려서는 안 됩니다. 커튼은 닫아두어야 하고요. 나는 그렇게 생각합니다. 작가는 일단 자신의 경험이 마무리되면, 편안하게 누워서 자기 마음이 어둠 속에 결혼식을 올리도록 두어야 한다고요. 어떤 일이 일어나고 있는지 들여다보거나 질문을 던지면 안 됩니다. 차라리 장미 꽃잎을 뜯거나 강물 위를 조용히 떠도는 백조들을 지켜보아야 합니다. 다시 대학생을 태운 보트와 낙엽을 싣고 흐르는 물결이 보였습니다. 남자와 여자가 함께 길을 가로질러 오는 모습도 보였습니다. 저 멀리 런던의 차들이 으르렁거리는 소리를 들으며 생각했습니다. 택시가 두 사람을 태운 뒤, 그 흐름에 휩쓸려 저 거대한 물결 속으로 실려 갔다고요.

자, 여기서 메리 비턴은 말을 멈추었습니다. 그녀는 자신이 어떻게 결론에 이르게 되었는지 여러분에게 이야기했습니다. 소설이나 시를 쓰기 위해서는 1년에 500파운드의 돈과 문에 자물쇠를 채울 수 있는 방이 필요하다는 시시한 결론 말이지요. 메리 비턴은 이런 결론을 끌어내기까지 머릿속을 거쳐 간 생각과 느낌들을 숨김없이 보여주기 위해 노력했습니다. 교구 관리에게 쫓겨나고, 이곳에서 점심을 먹다가 저곳에서 저녁을 먹고, 대영 박물관에 가서 낙서를 하고, 서가에서 책을 꺼내고, 창밖을 내다보는 여정을 따라와달라고 여러분에게 부탁도 했지요. 그러는 내내 여러분은 틀림없이 그녀의 결점과 약점을 지켜보았을 것이고,

그런 약점들이 그녀의 견해에 어떤 영향을 미쳤을지도 판단해보았을 것입니다. 그녀의 말에 반론도 제기하고, 여러분의 생각을 덧붙이거나 추론을 끌어내 보았을 겁니다. 마땅히 해야 할 일들이기도 하고요. 이런 문제에서 진실이란 여러 다양한 오류를 비교해볼 때에만 얻을 수 있는 법이니까요. 이제 나는 개인적으로 제기될 수 있는 비판 두 가지를 예상하면서 글을 마치려고 합니다. 이 비판들은 확연히 드러나 보이는 것들로 여러분도 제기하지 않을 수 없는 것입니다.

여러분은 남성과 여성, 특히 남성 작가와 여성 작가가 상대적으로 어떤 장점을 지니는지에 대해서는 아무런 의견도 내놓지 않았다고 지적할지 모릅니다. 그것은 의도적인 것이었습니다. 그런 평가를 할 수 있는 때가 온다 하더라도(지금은 여성이 돈을 얼마나 가지고 있는지, 방은 몇 개나 가지고 있는지가 성별의 능력에 대한 이론을 정립하는 것보다 훨씬 더 중요합니다), 나는 마음이나 기질의 재능은 설탕과 버터처럼 무게를 잴 수 있는 게 아니라고 믿습니다. 사람을 등급별로 나눠서 머리에 모자를 씌워놓고 이름 뒤에 각종 호칭을 붙이는 데

능숙한 케임브리지 사람들조차 재능은 측정하지 못합니다. 나는 《휘터커 연감》에서 볼 수 있는 계층 순위표가 궁극적인 가치의 서열을 의미한다고 믿지 않습니다. 만찬회에 들어갈 때 바스 훈장을 단 사령관이 정신병자를 후견하는 법원 담당관보다 뒤에 들어가야 한다고 제안하는 데 타당한 이유가 있다고 여기지도 않습니다. 한 성과 다른 성을 경쟁시키고, 한 자질을 다른 자질과 대립시키며, 우월함은 제 것이라 주장하고 열등함을 타인에게 전가하는 이 모든 행위는 인간 존재의 단계로 보면 십 대 수준에 속하는 것입니다. 이 단계에는 '편'이 있습니다. 한 편이 다른 편을 이겨야만 하고, 연단으로 올라가서 교장 선생님이 직접 건네는 화려한 우승컵을 받는 것이 매우 중요한 때이지요. 사람이 성숙해지면 편이나 교장이나 화려한 우승컵 같은 것을 더는 믿지 않습니다. 어쨌든 책의 경우 꼬리표에 장점을 기록하여 떨어지지 않게 붙여놓기 어렵다는 것은 주지의 사실입니다. 현대 문학에 대한 평론이 그런 평가가 어렵다는 진실을 끝없이 보여주지 않습니까? 책 한 권이 '이 위대한 책'과 '이 쓸모없는 책'이라는 두 이름으로 불리지요. 칭찬이나 비난이나 아무 의미가 없기는 마찬가지입니다. 아니, 평가를 한다는 것은 즐거운 오락거리가 될 수 있을지는 몰라도 그 어떤 일보다도 더 쓸모없는 일이며, 평가하는 사람들이 정한 법칙에 굴복하는 것은 더없이 비굴한 태도입니다. 여러분이 쓰고 싶은 글을 쓰는 것, 그보다 더 중요한 일은 없습니다. 그 글이 몇 세대에 걸쳐 가치가 있을지, 아니면 단지 몇 시간 동안만 빛이 날지는 아무도 모릅니다. 하지만 은빛 상패를 손에 든 교장이나 소맷자락 밑에 평가의 잣대를 감추고 있는 어떤 교수에게 존중을 표하는 뜻으로, 여러분의 시선을 머리카락 한 올만큼이라도 희생시키거나 그 색채의 아주 미묘한 빛깔이라도 내어준다면 그것은 가장 참담한 변절입니다. 그에 비하면 인간에게 가장 큰 재앙이라고들 하는 재산이나 정절의 희생은 그저 사소한 고통에 지나지 않는 일입니다.

다음으로, 아마도 여러분은 이 모든 문제에서 내가 물질의 중요성을 지나치게 강조했다고 이의를 제기할지도 모르겠습니다. 1년에 500파운드라는 돈은 곧 깊이 생각하는 힘이고, 자물쇠가 달린 방은 스스로 생각하는 힘이라는 상징적인 해석의 여지를 허용한다 하더라도, 여러분은 여전히 마음으로 그런 것들을 극복해야 하고 위대한 시인들은 흔히 가난했다고 말하겠지요. 시인이 되려면 무엇이 필요한지 나보다 더 잘 알고 계실 여러분의 문학 교수님이 하신 말씀을 인용해보겠습니다. 아서 퀼러쿠치 경은 다음과 같이 말합니다.

지난 100여 년 동안의 위대한 시인은 누구인가? 콜리지, 워즈워스, 바이런, 셸리, 랜더, 키츠, 테니슨, 브라우닝, 아널드, 모리스, 로제티, 스윈번……. 여기서 멈춰도 될 것이다. 이 가운데 키츠와 브라우닝, 로제티를 제외하고는 모두 대학에 다녔다. 그리고 세 명 가운데 인생의 전성기인 젊은 시절에 세상을 떠난 키츠만이 형편이 넉넉하지 못한 유일한 시인이었다. 이런 말은 잔인한 듯하지만 또한 서글픈 말이다. 엄연한 사실로서, 시의 천재적 재능이 가고 싶은 곳으로 바람처럼 불어 가서 빈자에게도 부자에게도 똑같이 존재한다는 이론은 거짓에 가깝다. 엄연한 사실인즉, 이들 시인 열두 명 가운데 아홉 명은 대학에서 공부했다. 이는 곧 어떤 식으로든 그들이 영국이 제공할 수 있는 최상의 교육을 받을 재력을 조달했다는 의미다. 엄연한 사실인바 나머지 세 명 가운데 브라우닝은 가정이 유복했다. 감히 말하건대, 만약 집이 유복하지 않았다면 그는 《사울(Saul)》이나 《반지와 책(The Ring and the Book)》 같은 작품을 완성하지 못했을 것이다. 마찬가지로 러스킨도 아버지의 사업이 번창하지 않았다면 《현대의 화가들(Modern Painters)》을 집필하지 못했을 것이다. 로제티는 적지만 개인 수입이 있었고, 거기에다 그림도 그렸다. 남은 사람은 키츠뿐인데, 아트로포스*가 그를 살해했다. 정신병원에서 존 클레어(영국의 농부 시인으로 생활고로 우울증에 시달렸다)를 살해했듯, 절망에 빠진 제임스 톰슨**을 아편제로 살해했듯 말이다. 끔찍한 사실이지만 현실을 직시하자. 국

---

* 그리스 신화에 등장하는 운명의 세 여신 중 하나다.
*** 영국의 낭만파 시인으로 연인의 죽음과 빈곤으로 비참한 생애를 보냈다.

민으로서 우리에게 아무리 불명예스러운 사실이라 해도, 영국의 어떤 잘못 때문에 분명 가난한 시인들은 근래뿐 아니라 과거 200년 동안 바늘구멍만큼의 기회도 얻지 못했다. 확언하건대 10년은 족히 되는 시간 동안 초등학교 320여 곳을 지켜본 결과, 우리가 말로는 민주주의를 떠들어대지만, 실제로 영국의 가난한 아이가 속박을 벗어나 지적 자유를 탐험하고 그 자산을 바탕으로 위대한 작품을 낳을 가망이 없다는 건 아테네 노예의 자식과 별반 다르지 않다.**

어느 누구도 이보다 명료하게 요점을 제시할 수는 없을 겁니다. "가난한 시인들은 근래뿐 아니라 과거 200년 동안 바늘구멍만큼의 기회도 얻지 못했다. 영국의 가난한 아이가 속박을 벗어나 지적 자유를 탐험하고 그 자산을 바탕으로 위대한 작품을 낳을 가망이 없다는 건 아테네 노예의 자식과 별반 다르지 않다." 바

** 아서 퀼러쿠치 경, 《글쓰기의 기술(The Art of Writing)》(원주)

로 그것입니다. 지적 자유는 물질적인 것에 달려 있지요. 시는 지적 자유에 달려 있습니다. 그리고 여성은 언제나 가난했습니다. 고작 200년 동안이 아니라 태초부터 그랬습니다. 여성은 아테네 노예의 자식들보다도 지적 자유가 없었지요. 그러므로 여성은 시를 쓸 수 있는 바늘구멍만큼의 기회도 없었습니다. 이것이 내가 돈과 자기만의 방을 그토록 강조한 이유입니다. 하지만 이름이 알려지지 않은 과거 여성들, 더 많은 정보를 알 수 있다면 좋았을 그 여성들의 노고 덕분에 그리고 공교롭게도 두 번의 전쟁, 즉 플로렌스 나이팅게일을 거실 밖으로 불러낸 크림 전쟁과 60여 년 뒤 평범한 여성들에게도 참전의 문을 열었던 제1차 세계대전 덕분에, 이런 악폐는 계속 나아지고 있습니다. 그렇지 않았다면 여러분은 오늘 밤 이 자리에 오지 못했겠지요. 1년에 500파운드를 벌 가능성은 안타깝게도 지금도 불확실하지만, 극도로 적었을 것입니다.

그래도 여러분은 내게 이의를 제기할지 모르겠습니다. 왜 여성의 글쓰기에 그토록 많은 중요성을 부여하죠? 당신 말대로라면 글쓰기는 엄청난 노력을 요하는

218

일이고, 어쩌면 숙모를 살해하게 될지도 모르고, 오찬 모임에는 거의 반드시 늦게 될 것이며, 아주 훌륭한 동료와 아주 심각한 논쟁을 벌일지도 모르는데? 스스로 인정하지만, 내 동기는 어느 정도 이기적인 것입니다. 교육을 받지 못한 대부분의 영국 여성들처럼 나는 책 읽기를 좋아합니다. 책을 산더미처럼 쌓아놓고 읽는 것을 좋아하지요. 최근에 나의 독서 식단은 조금 단조로웠습니다. 역사에는 전쟁이 너무 많고, 전기는 온통 위대한 남자들 이야기지요. 시는 점점 빈곤해지는 경향이라는 생각이 들고, 소설은 하지만 현대 소설 비평가로서 나의 무능력은 충분히 탄로가 났으니 이 부분은 더 이야기하지 않겠습니다. 따라서 여러분은 사소한 주제든 거창한 주제든 주저하지 말고 모든 종류의 책을 쓰라고 부탁하고 싶습니다. 무슨 수를 쓰든 여러분 자신의 힘으로 여행하며, 한가로운 시간을 갖고, 세계의 미래나 과거를 사색하고, 책을 상상하며 길모퉁이를 배회하고, 생각의 낚싯줄을 강 속에 깊이 드리울 만큼 충분한 돈을 갖기를 바랍니다. 여러분을 소설에만 한정하는 것은 결코 아니니까요. 여러분이 나를 즐겁게 해주고 싶다면(그리고 나와 비슷한 사람이 수천 명은 있지요), 여행과 모험, 연구와 학술, 역사와 전기, 비평과 철학, 과학에 대한 책들을 쓸 겁니다. 그렇게 하다보면 여러분은 틀림없이 소설의 기법에 기여하게 될 겁니다. 책들은 서로서로 영향을 주고받으니까요. 소설은 시와 철학과 가까이 붙어 있을수록 더 좋습니다. 더군다나 사포*나 무라사키 부인**, 에밀리 브론테 같은 과거의 위대한 인물들을 생각해보면, 그들은 창시자인 동시에 계승자라는 사실을 알게 될 것입니다. 또 여성이 자연스럽게 글을 쓰는 습관을 갖게 된 덕에 그들이 존재할 수 있었습니다. 그러므로 시를 쓰기 전의 전주곡일지라도 여러분이 글을 쓰는 활동은 매우 귀중한 것입니다.

　하지만 이 원고들을 돌이켜보고 내 생각이 흘러온 길을 평가하다 보면, 나의 동기가 전적으로 이기적이지만은 않다는 것을 알 수 있습니다. 이 글의 논평과 무질서한 추론들 사이에는 좋은 책은 바람직한 것이며

---

* 그리스 문학사 초기 레스보스 섬에서 활동한 서정 시인이다.
** 일본 헤이안 시대의 작가로 《겐지 이야기》를 썼다.

훌륭한 작가는 설령 인간적으로는 온갖 타락상을 지녔다 하더라도 여전히 좋은 존재라는 확신(아니면 직감일까요?)이 흐르고 있습니다. 그러므로 내가 여러분에게 더 많은 책을 써달라고 당부하는 것은 여러분에게도 좋고, 세상 전체에도 도움이 되는 일을 하라는 권고인 셈입니다. 이런 직감이나 신념을 어떻게 증명해야 할지는 모르겠습니다. 철학적 용어들은 대학 교육을 받지 못한 사람들을 눈가림하기 쉬우니까요. '실재(實在)'란 무엇을 의미할까요? 어쩐지 매우 변덕스럽고 신뢰할 수 없는 무언가라는 생각이 듭니다. 때로는 먼지 자욱한 길에서, 때로는 도로에 떨어진 신문 쪼가리에서, 때로는 햇볕을 쬐는 수선화에서 볼 수 있는 것이기도 하고요. 실재라는 것은 한 방에 모인 한 무리의 사람들을 환히 비추기도 하고, 가벼운 말 한마디를 기억에 담아두도록 만들기도 합니다. 별빛 아래 집으로 걸어가는 이를 압도하고 웅변하는 세계보다 침묵하는 세계를 더 현실적인 것으로 여기게도 하지요. 그리고 실재는 소란스러운 피커딜리 거리를 지나는 버스 안에도 있습니다. 너무 멀리 떨어져 있어서 우리로서는 그 본질이 무엇인지 파악하기 어려운 형체 속에 머물 때도 있습니다. 그러나 무엇이든 실재의 손길이 닿기만 하면, 그것은 영원히 변치 않는 것이 됩니다. 그것이 바로 하루의 껍질을 울타리 너머로 던져버린 뒤 남는 것이고, 지난 시간과 우리의 사랑과 증오가 남기는 것입니다. 내 생각에 작가는 살면서 이 실재를 마주해야 할 일이 다른 사람들보다 더 많습니다. 실재를 찾고 잘 모아서 다른 사람들에게 전달하는 것이 작가가 해야 할 일이지요. 적어도 《리어왕》이나 《에마》 또는 《잃어버린 시간을 찾아서》를 읽으며 나는 그런 결론을 얻습니다. 이런 책을 읽는 것은 백내장으로 상승한 안압을 낮춰 감각을 되돌리는 신기한 수술을 받는 것과 같습니다. 책을 읽고 나면 모든 것이 한층 강렬해 보이지요. 세상은 외피를 벗고 더욱 강렬한 삶을 얻은 듯 보입니다. 실재하지 않는 것에 적의를 품는 사람들이야말로 우리가 부러워해야 하는 사람들입니다. 알지도 못하고 관심도 갖지 못했던 일로 뒤통수를 얻어맞은 사람은 불쌍한 사람들이지요. 따라서 내가 여러분에게 돈을 벌고 자기만의 방을 가지라고 당부하는 뜻은 실재를 마주하는 활기찬 삶을, 활기차 보이는 삶을 살아야 한다고 주문하는 것입니다. 그런 삶을 누군가에게 전해줄 수 있든 없든 말이지요.

나는 이쯤에서 끝을 맺고 싶습니다만, 모든 강연은 결론을 짓고 마무리하는 것이 관례이니 따라야겠지요. 그리고 여성을 대상으로 한 강연의 결론이라면, 특히 여성의 품격을 드높이고 여성의 정신을 고양하는 그런 것이어야 한다는데 여러분 모두 의견을 같이할 겁니다. 나는 여러분에게 더 고귀하고 더 정신적인 의무가 있음을 잊지 말라고 간청해야 합니다. 여러분에게 얼마나 많은 것이 달려 있는지, 여러분이 미래에 얼마나 많은 영향을 미칠 수 있는지 거듭 되새겨줘야 하겠지요. 하지만 이러한 간곡한 권고는 다른 성의 몫으로 남겨두어도 아무 문제없을 것 같습니다. 남성들은 내가 할 수 있는 것보다 훨씬 화려한 달변으로 그런 권고를 할 것이고 실제로 그렇게 해왔으니까요. 내 마음속에는 아무리 샅샅이 뒤져보아도 남성과 동료가 되거나 남성과 동등해지려는 마음이 없고, 더 고귀한 목적을 위해 세상에 영향을 미치고자 하는 숭고한 감정도 전혀 없습니다. 나는 다른 무엇이 아닌 자기 자신이 되는 것, 그게 가장 중요한 일이라고 간단하게 그리고 평범하게 중얼거릴 뿐입니다. 다른 사람에게 영향을 미칠 생각은 꿈에도 하지 말라고 나는 말할 섭니다. 사물을 있는 그대로 생각하라고요. 그런 말을 좀 더 고상하게 할 줄 안다면 말입니다.

그리고 다시 한번 나는 신문과 소설, 전기를 드문드문 훑어보다 보면, 여성이 여성에게 말을 할 때는 매우 불쾌한 속내가 깔려 있기 마련이라는 인식을 받습니다. 여성은 여성에게 가혹합니다. 여성은 여성을 싫어하지요. 여성은…… 그런데 여러분은 이 단어가 지긋지긋하지 않나요? 단언컨대 나는 그렇습니다. 그렇다면 여성이 여성에게 읽어주는 강연문은 특히 불쾌한 어떤 것으로 결론이 나기 마련이라는 데 동의하기로 합시다.

하지만 어떻게 해야 할까요? 내가 무엇을 생각하면 될까요? 사실을 말하자면, 나는 여성이 좋을 때도 많습니다. 나는 관습에 얽매이지 않는 그들의 자유로움이 좋습니다. 나는 여성의 완벽함이 좋고 그들의 익명성이 좋습니다. 나는 또…… 하지만 이런 식으로 계속해서는 안 되겠지요. 저기 저 벽장 안에는 깨끗한 식탁용 냅킨밖에 없다고 여러분은 말하지만, 만약 저 사이에 아치볼드 보드킨 경*이 숨어 있다면 어떻게 될까요? 그러니 이제부터는 좀 더 엄숙한 목소리로 말하겠습니다. 앞서 내가 인류의 비난과 질책을 여러분에게 충분히 전달했던가요? 오스카 브라우닝 씨가 여러분을 상당히 낮게 평가했다는 것을 지적한 바 있습니다. 여러분에 대해 한때 나폴레옹이 어떻게 생각했는지, 그리고 지금 무솔리니가 어떻게 생각하는지 언급했었지요. 그리고 소설에 뜻이 있을지 모를 여러분에게 도움을 주기 위해 여성의 한계를 용감하게 인정하라는 비평가의 조언도 그대로 옮겨왔습니다. X 교수를 거론하면서 여성은 지적으로, 도덕적으로, 신체적으로 남성보다 열등하다는 그의 주장을 특별히 소개하기도 했지요. 굳이 찾아 듣지 않아도 들을 수 있는 모든 이야기를 여러분에게 전했고, 이제 마지막 경고가 남았습니다. 존 랭

---

* 당시 영국의 검찰 총장으로 동성애 소설인 래드클리프 홀의 《고독의 우물》을 기소했다.

던 데이비스 씨가 전하는 말이지요. 존 랭던 데이비스 씨는 여성에게 다음과 같이 경고했습니다. "아이를 바라는 마음이 완전히 사라지면, 여성도 전혀 필요 없는 존재가 된다"*라고요. 여러분이 이 말을 기록해두기 바랍니다.

자신의 일에 착수하라고, 이보다 더 어떻게 여러분을 격려할 수 있을까요? 젊은 여성들이여, 이제부터 결론을 말씀드릴 테니 집중해주십시오. 내 생각에 여러분은 수치스러울 정도로 무지합니다. 여러분은 어떤 분야에서든 중요한 발견을 한 적이 한 번도 없습니다. 제국을 뒤흔들거나 군대를 이끌고 전투에 참가한 적도 없지요. 셰익스피어의 희곡과 같은 작품을 쓴 적도 없으며, 야만족에 문명의 축복을 전해준 적도 없습니다. 여러분은 무엇을 변명으로 삼을 건가요? 흑인과 백인과 황인종들이 부지런히 차를 움직이고 사업을 벌이고 사랑을 나누며 누비고 다니는 세계의 거리와 광장과 숲을 가리키면서 우리는 다른 일을 책임지고 있었다고

---

* 존 랭던 데이비스, 《여성사 개요(A Short History of Women)》 (원주)

말하겠지요. 우리가 책임을 다하지 않았다면, 바다를 오가는 배는 없었을 것이고, 저 비옥한 땅들도 황무지로 묻혀 있었을 거라고요. 통계에 따르면 우리는 현재 존재하는 16억 2,300만 명의 인간을 낳았고, 예닐곱 살이 될 때까지 기르며 씻기고 가르쳤다고, 또 누군가 도움을 준다고 하더라도 상당한 시간이 걸리는 일이라고 말입니다.

여러분의 말에도 일리가 있습니다. 나는 그 말을 부정하지 않습니다. 하지만 동시에 여러분에게 일깨워주고 싶은 점이 있습니다. 1866년 이래 영국에는 여성이 다닐 수 있는 대학이 적어도 두 곳 존재했다는 사실, 1880년 이후에는 기혼 여성도 법적으로 재산을 소유하게 되었다는 사실, 1919년에 정확히 9년 전이지요? 여성에게 투표권이 주어졌다는 사실입니다. 또 전문직종 대부분이 여러분에게 문을 열어둔 지 10년 가까이 되었다는 사실도 다시 한번 말하고 싶습니다. 이런 엄청난 특권과 그러한 특권을 누릴 수 있었던 시간을 생각해보면, 그리고 이러저러한 방법으로 1년에 500파운드 이상을 벌 수 있는 여성이 지금도 약 2천 명은 존재한다는 사실에 비춰보면, 기회가 없다거나 교육이나 격려를 받지 못했다거나 시간이나 돈이 없다는 변명은 이제 통하지 않는다는 말에 여러분도 동의할 겁니다. 게다가 경제학자들은 시턴 부인이 자녀를 너무 많이 두었다고 지적하더군요. 여러분도 물론 아이를 낳아야 하겠지만, 경제학자들의 말에 따르면 이제 열 명, 열두 명이 아니라 두세 명만 낳아야 한다고 합니다.

그렇게 여러분의 손안에 남은 시간과 머리에 쌓인 지식을 가지고(여러분은 이미 다른 방면에서 충분한 지식을 갖고 있는데, 대학에 보내는 이유는 아마 그러한 지식에서 벗어나게 하려는 의도가 어느 정도 있는 듯합니다), 분명 매우 오랜 시간과 고된 노력을 요하며 세상에 거의 알려지지 않은 진로를 위해 다음 단계로 나아가야 합니다. 수천 개의 펜이 마련되어 있어서, 여러분이 어떤 일을 하고 어떤 결과를 얻게 될지 제안해줄 겁니다. 나의 제안은 다소 공상적일 수 있다는 점을 인정합니다. 그래서 소설 형식으로 펼치는 편이 더 낫지요.

강연 중에 나는 셰익스피어에게 누이가 있었다고

이야기했습니다. 하지만 시드니 리 경*의 시인 전기에서 누이의 이름을 찾지는 마십시오. 그녀는 젊어서 죽었고, 안타깝게도 글은 한 줄도 쓰지 못했습니다. 지금은 엘리펀트 앤드 캐슬 역 맞은편의 버스 정류장이 된 자리 어딘가에 묻혀 있습니다. 이제 나는 글 한 줄 쓰지 못하고 교차로에 묻힌 이 시인이 여전히 살아 있다고 믿습니다. 그녀는 여러분 안에, 내 안에 살아 있습니다. 그리고 설거지를 하고 아이들을 재우느라 오늘 밤이 자리에 오지 못한 다른 많은 여성 안에도 살아 있습니다. 그녀는 살아 있습니다. 위대한 시인은 죽지 않기 때문입니다. 그들은 영속하여 머무는 존재입니다. 다만 우리 사이를 육신의 모습으로 걸어 다닐 기회가 필요할 뿐이지요. 나는 여러분의 능력을 발휘하여 그녀에게 이 기회를 주어야 할 때가 왔다고 생각합니다. 우리가 앞으로 100년 남짓 더 살면서(개개인으로서 각자의 소소한 삶이 아니라 진정한 삶으로서 공동의 삶을 말하는 것입니다) 1년에 500파운드와 자기만의 방을 가진

---

* 영국의 비평가이자 전기 작가다.

다면, 자유로운 습성과 자신이 생각하는 바를 정확하게 쓸 수 있는 용기를 지닌다면, 공용 거실을 잠시 벗어나 인간을 늘 다른 사람과의 관계에서만 보는 것이 아니라 실재와 관련해서 본다면, 그리고 하늘도 나무도 그 밖의 무엇이든 그 자체로 볼 수 있다면, 어떤 인간도 시야를 가로막아서는 안 되므로 밀턴의 악령을 넘어서서 볼 수 있다면, 우리에게는 매달릴 팔이 없으므로 홀로 나아가야 한다는 사실을, 우리가 관계를 맺는 세계는 남자와 여자의 세계일 뿐 아니라 실재의 세계이기도 하다는 사실을 마주한다면, 그때 기회가 찾아올 것입니다. 셰익스피어의 누이였던 죽은 시인은 자신이 몇 번이나 내던졌던 육신을 찾을 것입니다. 그녀는 오빠가 먼저 그랬던 것처럼, 이름 모를 선구자들의 삶에서 새로운 생명을 받아 태어날 겁니다. 그러한 준비를 하지 않는다면, 우리가 노력을 하지 않는다면, 그녀가 다시 태어났을 때 살 수 있겠다고, 또 시를 쓸 수 있겠다고 여기도록 만들겠다는 결심을 하지 않는다면, 우리는 그녀가 다시 오리라는 기대를 품어서는 안 됩니다. 그건 불가능한 일이 될 테니까요. 그러나 우리가 그녀를 위해 일한다면 그녀는 올 것이고, 따라서 그런 일을 하는 것은 비록 가난하고 이름 없는 처지라도 충분히 가치 있는 일이라고 나는 단언합니다.

가부장제와 성적 불평등에 맞서
여성을 담론화하다

빅토리아 시대 후기에 태어난 영국의 여성 문인 버지니아 울프는 우리에게 낯선 이름이 아니다. 그녀는 20세기 초엽 모더니즘의 선구자이자 시대를 대표하는 페미니스트로, 시대의 아이콘과 같은 존재로 명성이 높았다. 그러나 울프의 작품은 그녀의 이름만큼 쉽게 다가오지 않는다. 실제로 그녀의 작품은 사소한 감정과 생각이 어수선하게 흘러가는 독특한 문체 때문에 읽기 난해하기로 유명하다.

울프의 작품들이 쉽게 읽히지 않는 까닭은, 그녀가 전통적인 사실주의 기법에서 벗어나 외적인 세계의 재현을 거의 무시하고 인물의 내면으로 들어가는 '의식의 흐름' 기법을 시도하기 때문이다. 울프가 살았던 가부장적 사회는 남성의 권력을 유지하기 위해 여성의 사회적, 경제적 지위를 억압했고, 이는 개인을 넘어선 공적 존재로서 여성의 부재(不在)를 의미했다. 실재가 외부 세계에 존재한다고 믿을 때 이 세계에서 어떠한 공적 지위도 갖지 못한 여성은, 본질적이고 절대적인 남성과의 관계 속에서 비본질적이고 우발적인 대상이자 타자로 머물 수밖에 없었다. 그렇기에 울프에게 외부 세계 묘사에 치중하는 사실주의는 남성 중심의 문학이었다. 울프는 여성의 부재가 아닌 존재를 드러내고, 여성의 세계에 보다 효율적으로 접근하기 위해 여성의 의식 안으로 들어가 그 흐름을 좇으며 내면의 경험을 묘사했다. 이러한 의식의 흐름 기법은 1925년에 출판된 《댈러웨이 부인》을 거쳐 1927년 《등대로》에서 정점에 이른다.

인습과 권위를 벗어난 글쓰기

　모더니즘 작가로서 자신의 문체를 정립하고 명성을

얻을 무렵인 1929년, 울프는 여성과 작가로서의 성찰을 담은 에세이《자기만의 방》을 출판했다. 울프는 페미니즘 역사에 큰 영감을 준 작가지만, 특히《자기만의 방》은 페미니즘 비평의 뛰어난 업적으로 평가받으며, 세기를 넘긴 지금까지도 그녀가 페미니스트로서 대표적 인물로 명명되는 데 결정적 역할을 한 작품이다. 이 책은 본래 케임브리지대학의 여성 교육 기관인 거턴대학과 뉴넘대학에서 '여성과 소설'이라는 제목으로 강연했던 원고를 수정, 보완하여 한 권의 에세이로 발전시킨 것이다. 강연 형식을 그대로 가져와 사고의 궤적을 따라가는 서술 방식은 전체 이야기를 이끌어가는 불특정한 화자 '나'라는 존재의 설정과 함께 이 작품의 가장 큰 특징이다.《자기만의 방》이 갖는 이 두 가지 특징은 그동안 남성 중심의 문학이 갖고 있던 작가와 독자라는 이분법적 틀을 깨고 독자와 작가가 같은 시선에서 화자의 경험을 일반화하고 공감할 수 있는 방식이다. 여기에 인습적이고 권위적인 글쓰기 방식을 벗어나 질문하고 답을 찾아가는 과정은 독자가 스스로 사유하게 만드는 장치이다. 특히 "그러나 우리가 듣고

자 한 것은 여성과 소설에 관한 이야기인데, 자기만의 방이 그 주제와 무슨 관련이 있느냐고 여러분은 묻겠지요"라고 시작하는 첫 문장은, '여성과 소설'이라는 주제에 대해 일반적이고 지배적인 기대와는 다른 관점, 즉 여성의 관점에서 강연이 전개될 것이라는 일종의 암시로 읽힌다.

여성의 주체적 글쓰기의 조건

《자기만의 방》에서 울프는 가부장적 남성 중심 사회의 억압과 제약 아래 당시 여성이 받던 차별들을 날카롭게 지적하면서, 여성이 글을 쓰기 위한 조건으로 1년에 500파운드라는 고정 수입과 자기만의 방을 제시한다. 남성에 비해 경제적 자립도가 현격히 떨어지고, 방해받지 않고 자유롭게 책을 읽거나 글을 쓸 수 있는 자기만의 시간과 공간을 갖지 못했던 여성의 처지를 구체적으로, 물적 조건이라는 측면에서 제기하는 그녀의 이러한 강변은, 작품은 물론 당시 페미니즘 운동에서 가장 중요한 주장을 촉발케 했다.

이 물적 조건의 전제는 역사적, 사회적 맥락에서 여

성의 실제적 삶과 의식을 규정하는 중요한 문제로서 울프의 기본 논점이자, 모든 논의가 시작되는 출발점이다. 울프의 이러한 인식은 작품의 첫 장에서부터 확연히 드러난다. 가상의 '나'로 설정된 화자는 '여성과 소설'이라는 주제를 사유하고 당대의 위대한 문인들의 작품을 찾아서 읽을 정도로 지성과 교양을 갖춘 여성이다. 울프는 화자가 대학과 도서관이라는 학문의 공간에서조차 배척되고 금지당하는 경험을 통해 여성의 자유의지와 지적 자유가 제한되는 사회의 모습을 단적으로 보여준다. 그리고 왕권과 교권과 금권의 강화와 세습을 위해 아낌없는 후원으로 건설된 남자 대학과 어렵게 모은 기부금으로 편의 시설 하나 없이 메마른 땅 위에 지어 올린 여자 대학을 극명한 대비로 보여주고, 남자 대학의 성대한 오찬과 여자 대학의 초라한 정찬을 비교하면서, 사람이 잘 먹지 못하면 "제대로 생각할 수 없고, 제대로 사랑할 수 없으며, 제대로 잠을 잘 수 없으며" 척추 아래 영혼이 머무는 자리에 등불도 켜지지 않는다고 말한다. 화자의 말을 빌려 숙모로부터 매년 500파운드의 유산을 상속받게 된 사실이 여성의 참정권보다 훨씬 더 중요했다고 털어놓는 울프의 고백은, 경제적으로 자립할 수 있어야 인류의 절반인 남성에게 비굴하거나 분노하는 왜곡된 마음을 품지 않고 진정한 자유에 도달할 수 있다는 인식의 표현이다.

한쪽 성의 부와 안정, 다른 성의 가난과 불안정, 전통과 전통의 결핍이 남성과 여성에게 미치는 영향을 둘러싸고 제기되는 질문과 그 답을 찾아가는 과정에서, 가부장적 사회에서 여성의 글쓰기와 관련하여 물적 토대와 함께 또 다른 축을 이루는 것이 남성적 전통을 벗어난 여성의 주체적 글쓰기다. 울프가 자기만의 방이라는 공간을 통해 제기하는 또 다른 함의다. 남성이 세계의 주인이자 지배자인 가부장제 사회에서 여성은 남성의 우월함을 돋보이게 만드는 열등한 존재로 각인되었으며, 제도적으로 모든 공적 교육의 기회를 박탈당했다. 그 때문에 여성 스스로 뿌리 깊은 열등의식을 가지고 남성과 동등해지기 위해 그들의 전통과 문학을 모방한 글쓰기를 한다면, 순수한 작가 정신으로 산화되지 않은 자아가 작품에 개입될 수밖에 없으므로 여성적 실재를 드러내는 예술로서의 글쓰기에 전력할 수 없게 된다. 그런 의미에서 울프에게 실패한 여성 작가는 샬럿 브론테와 조지 엘리엇이었다. 반면 에밀리 브론테와 제인 오스틴은 남성 중심의 시각과 비평적 잣대에 휘둘리지 않고 여성으로서의 경험과 입장을 견지하며 여성적 글쓰기에 성공한 작가들이었다. 이들은 한과 분노 등 모든 욕망이 내부에서 불타올라 아무런 방해도 받지 않고 자유로운 "셰익스피어와 같은 마음"으로 글을 썼다고 울프는 말한다. 울프에게 여성답게 글을 쓰는 일이란, 여성만의 정교하고 복잡한 특성을 담아내야 하고, 언어 자체도 기존의 틀을 깨고 다시 태어나야 하는 것이었다. 이는 억압당하고 차별받는 여성으로서의 모든 자의식에 얽매이지 않고 내면에 존재하는 실재를 발견하는 예술 행위였다. 그리고 이러한 글쓰기의 특징은 다시 남녀를 구분하지 않고 양성적 마음을 지닌 작가의 정체성으로 귀결된다. 울프가 말하는 양성성이란 한 사람의 내면에 존재하는 남성성과 여성성이 서로 대립하는 것이 아니라 함께 공존하고 서로 소통하여 융합되고 일체가 된 마음 상태로, 이런 마음을 지닐 때에만 작가로서 거리낌 없는 마음으로 완전하고도 보편적인 작품에 다가설 수 있다. 마지막으로 울프는 지적 자유가 물질적인 것에 달려 있다고 다시 한번 강조한다. 즉 여성에게 경제적 토대가 마련되어야 사유의 자유와 집필의 자유가 보장되고, 위대한 작품을 창작할 기회도 주어진다는 것이다. 본질을 파악하기 어려운 형체 속에서도 영원히 변치 않는 실재를 찾아내어 전달하는 것이 작가의 임무이기 때문에, 여성이 사유를 통해 실재를 찾아내고, 많은 글을 써서 그 실재를 전달하는 것은 세상에도 유익한 일이라고 울프는 말한다.

시대를 앞서간 젠더로서의 성 인식

울프는 자기 자신을 페미니스트로 자임한 적이 없었다. 참정권으로 대표되는 당시의 급진적 페미니스트 운동의 물결 안에 그녀가 존재했다고 말하기도 어렵다. 울프는 여성이 남성과 같은 권리를 되찾고 남성과 동등한 위치로 올라서야 한다고 주장하지 않았다. 그녀는 남녀평등을 요구하기보다 남성과 여성의 차이에 주목했다. 사회에서 소외된 존재로서의 여성이 "군게 잠긴 문 밖에 서 있는 불쾌함"을 느낀다면, 굳게 잠긴 문 안에 갇힌 남성은 더 불쾌한 경험을 하는 것인지 모른다고 말하는 대목에서, 우리는 사회적으로 굳어진 성의 차이, 즉 젠더로서의 성을 인식하는 울프의 선구적 시각을 엿볼 수 있다.《자기만의 방》은 출판 이래 반복적으로 다양한 사조와 신념의 관점에서 다양한 비평과 분석 아래 놓여왔다. 그녀가 유산 계급에 속한 지식인이었다는 사실은 한계인 동시에 깊은 통찰을 가능케 하는 물적 토대였다. 행동주의적 관점에서 실천하지 않았으나 평생의 삶을 통해 실천했다는 평도 가능하다. 냉철한 현실 인식에 비해 양성적 마음이라는 결론은 다소 모호하고 현실 도피적이지만, 양성 간의 차이점을 최소화하는 데서 여성의 정체성을 찾고자 했던 당시의 페미니즘 사이에서 남녀의 차이를 인식하고 상호 보완적 융합을 제시하는 양성성 개념은 시대를 앞선 가치였음에 틀림없다. 여성에게 가해지던 사회적 억압과 차별에 대한 분노가 작품 서사 구조의 완결성보다 부차적인 문제라는 관점도 논쟁의 여지가 있을 수 있다. 그러나 그녀의 페미니즘은 20세기 후반 후기

구조주의에 이르러 급진적 페미니즘으로 재평가받을 만큼 다층적인 면면들을 갖고 있어 단순히 페미니즘이다, 아니다 혹은 한계가 있다, 없다라는 이분법적 잣대로는 평가할 수 없다. 다만 울프가 살았던 격변의 시대와 그녀가 속했던 억압적 사회, 그녀가 겪었던 개인사와 그녀가 지녔던 재능이 모두 모여 울프에게 문학과 성이라는 특정 영역에 어떤 굴절을 만들어냈고, 그녀가 대단히 정치적인 동시에 순수한 예술 행위로서 그 세계의 실재를 발견하고 기록하여 오늘날까지도 오랜 시간 빛을 발하는《자기만의 방》이 탄생했을 것이라고 짐작할 따름이다.

박혜원

1882년　런던 켄싱턴에서 비평가이자 사상연구가인 아버지 레슬리 스티븐과 어머니 줄리아 스티븐 사이에서 태어났다.

1895년　어머니가 사망하고, 이 해 여름에 처음으로 정신 질환을 일으켰다.

1897년　이 해부터 1901년까지 킹스칼리지런던 여자 대학교 야간 대학에서 수업을 들었다.

1899년　오빠 토비가 케임브리지 트리니티칼리지에 진학하자 이후 블룸즈버리 그룹을 결성할 리튼 스트레이치, 로저 프라이, 레너드 울프, 클라이브 벨, 존 케인스 등과 교류하게 되었다.

1904년   아버지가 사망한 뒤 두 번째 정신 질환을 일으켰다. 《가디언》에 최초로 서평이 실렸다.

1912년   레너드 울프와 결혼한 뒤 클리포드 인으로 이사했다.

1915년   첫 장편 소설 《출항》을 간행했다.

1919년   두 번째 장편 소설 《밤과 낮》을 출판했다.

1922년   《제이콥의 방》을 호가스 출판사에서 간행했다.

1924년   케임브리지에서 현대 소설에 대해 강연한 뒤에 원고를 정리하여 《베넷 씨와 브라운 부인》을 간행했다.

1925년   평론집 《일반 독자》를 간행. 네 번째 장편 소설 《댈러웨이 부인》을 출판했다.

1927년   다섯 번째 장편 소설 《등대로》를 출판하고 호평을 받았다.

1928년   페미나 문학상을 수상했고, 《올랜도》를 출판했다.

1929년　케임브리지 강연 원고를 보완한 《여성과 소설》의 제목을 《자기만의 방》으로 바꾸어 출판했다.

1937년　《세월》을 출판했다.

1941년　《막간》 원고를 완성했다. 3월 28일 오전 11시경, 우즈 강가로 산책을 나간 뒤에 돌아오지 않았다. 강가에서 울프의 지팡이와 신발 자국이 발견되었고, 서재에는 남편과 언니에게 남기는 유서가 있었다. 시체는 이틀 뒤에 발견됐다. 7월에 유작 《막간》이 출판됐다.

더스토리 초판본 시리즈 미니북

• 더스토리 초판본 미니북 시리즈는 계속 출간될 예정입니다.

옮긴이 박혜원

덕성여자대학교에서 심리학을 전공하고 현재 전문 번역가로 활동하고 있다. 옮긴 책으로 《빨강 머리 앤》, 《에이번리의 앤》, 《루시 몽고메리의 빨강 머리 앤 스크랩북》, 《비밀의 화원》, 《소공녀 세라》, 《퀸 - 불멸의 록 밴드 퀸의 40주년 공식 컬렉션》, 《곰돌이 푸 1 - 위니 더 푸》, 《곰돌이 푸 2 - 푸 모퉁이에 있는 집》 등이 있다.

자기만의 방 : 1929년 초판본 표지디자인

초판 1쇄 펴낸 날 2023년 8월 31일
초판 2쇄 펴낸 날 2024년 7월 19일

지은이 버지니아 울프
옮긴이 박혜원
펴낸이 장영재
펴낸곳 (주)미르북컴퍼니
자회사 더스토리
전   화 02)3141-4421
팩   스 0505-333-4428
등   록 2012년 3월 16일(제 313-2012-81호)
주   소 서울시 마포구 성미산로32길 12, 2층 (우 03983)
E-mail sanhonjinju@naver.com
카   페 cafe.naver.com/mirbookcompany
S N S instagram.com/mirbooks